LA JEUNESSE EST UN CŒUR QUI BAT

Du même auteur

Gare Saint-Lazare, Fayard, 2023
Trois passagers, Les Avrils, 2022
Une enfance, Éditions de l'Attente, 2021
Aujourd'hui, Fayard, 2020
Je veux rentrer chez moi, Stock, 2019
Les Enveloppes transparentes, Éditions de l'Attente, 2018
Les Soirées chez Mathilde, L'Olivier, 2017
Au pays où les Chinois nagent debout, Nuit myrtide, 2016
En passant (vite fait) par la montagne, Guérin, 2015
La Mallette, Cénomane, 2014
Je t'emmènerai danser chez Lavorel, Fayard, 2014
Photos volées, L'Olivier, 2014 ; Points, 2016
Des nuages et des tours, L'Olivier, 2013
Il faudrait s'arracher le cœur, L'Olivier, 2012 ; Points, 2013
J'aimerais revoir Callaghan, Fayard, 2009 ; Livre de poche, 2011
Avant les monstres, Cadex, 2009
J'attends l'extinction des feux, Fayard, 2008
Les Prochaines Vacances, Éditions du Chemin de fer, 2008
Les Types comme moi, Fayard, 2006 ; Pocket, 2010
Le Perron, Cadex, 2006
La serveuse était nouvelle, Fayard, 2005 ; Pocket, 2007
Pour une femme de son âge, Fayard, 2003 ; Pocket, 2008
Mon quartier, Fayard, 2002
Fantômes, Le Serpent à plumes, 2001
Celui qui n'est pas là, Le Serpent à plumes, 1999
Ma vie d'Edgar, Le Serpent à plumes, 1998 ; Quidam, 2026
Moi aussi un jour j'irai loin,
Maurice Nadeau, 1995 ; Points, 2012

Dominique Fabre

LA JEUNESSE EST UN CŒUR QUI BAT

arléa
16, rue de l'Odéon, 75006 Paris
contact@arlea.fr
arlea.fr

La rencontre
Dirigée par Anne Bourguignon

La rencontre est une histoire qui nous appartient.

ISSN 2491-8261
EAN 9782363084279

Seigneur je suis très fatigué
Je suis né fatigué
Et j'ai beaucoup marché depuis le chant du coq
Et le morne est bien haut qui mène à leur école,
Seigneur, je ne veux plus aller à leur école.

Guy Tirolien

I

Ce matin, j'ai eu le bus pour aller au bahut. J'aime bien le prendre quand il est tôt. Souvent je me retrouve avec des Sikhs qui reviennent de l'aéroport de Roissy où ils ont travaillé de nuit. Il y a aussi des gens du bâtiment, des femmes de ménage, tout le monde dort plus ou moins la tête contre la vitre. Des touristes asiatiques avec de grosses valises, plus rarement. Ils ont dû sortir du premier avion. Leurs téléphones ont la taille d'un livre de poche, ou bien ils se plient. Nous dormons bien ensemble, en fait. Le bus s'arrête porte de Montreuil où le grand café est ouvert, parfois je me dis que la misère aussi se lève trop tôt. Puis je ferme les yeux. Au pire, au terminus de la Nation, quelqu'un se dévouera pour me réveiller.

Comme j'étais un peu en avance, je suis descendu à la porte de Vincennes pour aller à pied jusqu'à Reuilly-Diderot. Je ne ferai plus très longtemps ce trajet. Les larges trottoirs du cours de

Vincennes étaient luisants ; on est en décembre mais j'ai entendu un oiseau qui s'égosillait là où j'habite, à Bagnolet, comme s'il annonçait déjà le printemps.

Je suis passé par les installations qu'ils ont faites pour les gosses en skate. Une jeune femme poussait la poussette d'une main, sa petite fille était bien réveillée, direction la crèche ou la nourrice. Dans le recoin d'une entrée du Printemps, deux formes sous un amas de couvertures et des cartons. Près de l'une d'elles, une paire de vieilles chaussures d'homme. Est-ce qu'il ne courait pas le risque de se les faire voler ? Devant le Castorama, trois types d'Europe de l'Est parlaient à voix très forte, les mains dans les poches, un pack de six sur le banc d'à côté. Ils avaient dû cailler une bonne partie de la nuit et, là, ils attendaient sans doute la camionnette qui les transporterait sur un chantier. J'avais ma bouteille d'eau, c'est mon luxe, les collègues ont plutôt des gourdes mais je prends de la Badoit ou de la Salvetat citron. Parfois, les gosses du bahut me disent qu'ils en ont déjà bu, pourquoi moi j'en bois en classe et pas eux ? Ou ils me font un grand sourire, ils voudraient goûter. Je leur dis non.

– J'ai soif, vous buvez et pas moi.

– Tu n'as qu'à prendre une gourde.

– C'est permis ?

Je hoche la tête… On en trouve des pas chères au Décathlon. Porte de Montreuil.

– Ah oui, je connais !

– Je sais que tu connais. Je t'ai déjà vu là-bas.

Le gosse hausse les épaules et fait demi-tour en murmurant que c'est pas juste. Ils ont raison. J'ai traversé la place de la Nation, trop tôt cette fois pour la conférence journalière des propriétaires de clébards. J'étais en avance. J'ai toujours été en avance ou à l'heure. Ce doit être à cause de ce métier à horaires bien réguliers. Il doit être possible de faire toute sa carrière d'enseignant en respectant parfaitement les horaires. Ça, et dire bonjour, accepter de menus services, montrer son enthousiasme vous permet d'obtenir une progression correcte de votre note administrative. Oui, je suis toujours à l'heure… On se crée des fiertés idiotes, de temps en temps.

Depuis qu'on a un badge pour rentrer, je dérange moins souvent le gardien. Je le connais depuis longtemps, sans le connaître. On se connaît souvent de cette façon en vrai. Là, vu que les vacances approchent, je suis allé papoter avec lui sans sortir mon badge. Avant le badge, on pouvait rester pas mal de temps à la porte et les collègues manifestaient une certaine irritation.

– Salut, ça va ?

– Eh ben, t'es le premier, c'est quelle heure ? (Il a regardé son horloge dans la loge.) Non, ça ne va pas très très bien.

Il a encore des rendez-vous chez le toubib, pour le cœur. Ici on est pas loin de Saint-Antoine, pour se faire soigner. Je lui dis qu'aujourd'hui, il a l'air plus en forme qu'avant son dernier congé maladie. Il hoche la tête. Il a moins d'eau dans les poumons.

– Au fait, il est passé où JB ?

Il ne voyait plus le prof de maths depuis pas mal de semaines. Dans les bahuts, collèges et lycées, les professeurs de maths sont plus importants que d'autres.

– Il a un cancer. Il est en chimio.

– Ah bon ? Merde, je savais pas.

– Il nous l'a dit quand il est revenu de l'hosto avec les résultats de ses analyses. Il est passé par la salle des profs pour nous l'annoncer.

– Merde, Éric a répété. Ben merde… Je savais pas.

– Je peux te le dire, il nous a avertis, ce n'est plus un secret.

Le prof de maths, je le voyais depuis plusieurs années et il faisait toujours des blagues.

– Un cancer de quoi ?

– Je ne sais pas exactement, ils lui font une chimio, ils l'ont opéré.

– Il reviendra quand ?

– Il nous a dit pas avant six mois.

– Bon. C'est dur. C'est comme ça.

Puis il a essayé de rembobiner un fil électrique, une rallonge plus exactement, mais les rallonges pour les ordis sont épaisses et il est difficile d'en faire ce qu'on veut.

– Putain, c'est tordu dans le mauvais sens. Bon, ben bonnes vacances, si on se revoit pas. Tu vas pas boire un coup ce soir, pour fêter ça ?

– Je crois pas. Toi tu pars ?

– Ben non. T'as rien compris ? Le 26, je vais à l'hosto. Et toi ?

– Noël chez les parents de ma femme.

– Tranquille chez toi, à la maison ?

– Oui, voilà. Bon courage poto. À bientôt !

Ces dernières semaines, en effet, on a un humoriste qui se bat contre la maladie. Pour le bahut, il s'agit surtout de trouver un remplaçant. On le voit dans les couloirs. On ne sait pas encore qui il est, à vrai dire, il ne restera sans doute pas longtemps, juste cette année, le temps que JB…

J'ai passé très longtemps dans ce bahut. J'oublie les noms des gosses mais souvent je me souviens de leurs regards, de leurs voix, un peu, si je les revois assez longtemps. Ou bien non, pas du tout… Je sais seulement qu'ils ont fréquenté la salle 313 ou la 211, où j'ai passé toutes ces années. Je n'avais pas pensé à ce collègue depuis quelques semaines, moi non plus, comme si on l'avait déjà oublié. Ça m'a semblé lugubre sur le coup, mon indifférence. Il doit y avoir des collègues qui prennent de ses nouvelles, des copines à lui. Ces dernières années, je l'avais vu dormir dans la salle des profs, sur les nouveaux fauteuils... Je n'avais pas osé lui parler du burn-out, ça ne me regardait pas.

Il devait faire des heures supplémentaires et, aussi, le club échecs, le club tricot. Il est très fort en tricot. On date sans doute de la même génération, j'ai eu un métier à tisser pour mes quatorze ans, et des pelotes en laine. Je m'étais mis en tête de tisser des tapis. Lui sait faire des pulls compliqués, à motifs, des écharpes et des bonnets. Il a un réservoir de blagues sans fin. Avant de devenir prof de maths, il était informaticien. Je l'ai souvent entendu dire qu'il était devenu malheureux dans son métier, ne sachant pas s'il devait préparer les meilleurs élèves à rentrer en prépas de maths ou bien s'occuper de tous, on ne lui a jamais expliqué. Il a fait le prof dans plein d'endroits, il est assez secret finalement. Ça m'a glacé, j'ai monté les étages. J'étais tout seul en salle des profs, je me suis assis sur un fauteuil.

Il était moins le quart. Seul dans un bahut, le temps passe différemment, il n'y avait personne à la photocopieuse vu qu'on arrivait aux vacances. Puis, ça a sonné. Je suis monté en 211. On a fait la leçon du *Good Riddance Day*, en général c'est le 28 décembre, les gens disent ce dont ils veulent se débarrasser, les mauvais souvenirs, les maladies, et moi j'ai rajouté pour les élèves : ce qu'ils espèrent pour l'année à venir. On a regardé une petite vidéo, à New York, Times Square, les gens brûlaient les papiers où ils avaient écrit ce dont ils voulaient se débarrasser. Non on ne va pas mettre le feu dans la salle 211 ! On ne fera pas ça comme dans la vidéo ! Ils voulaient des bonnes notes, se débarrasser de la prof de maths, du prof d'anglais (moi), certains de leur beau-père ou de leur belle-mère, de leurs addictions aux écrans dont on leur rabat les oreilles depuis quelques années. Toufik voulait se débarrasser de sa paresse. Il détestait sa paresse. M'sieur, j'en ai marre d'être paresseux ! sur le Coran vrai, j'vous jure ! Il s'installe devant son livre pour faire ses devoirs, sort ses stylos et, tout de suite, il a envie de jouer à la Play ou de manger des Kellogg's. J'en ai marre ! Il a écrit en gros sur sa feuille : *I don't want to be lazy! I want to get rid of my lazyness! I want to work!* Il a illustré *work* avec une tête de mort. Ils voulaient se débarrasser d'Ibrahima, de Lola, de leurs petits frères avec qui ils se battent tout le temps ou de leurs ennemis d'école. Elles voulaient revenir en arrière, quitter Paris et retourner à Rosny-sous-Bois, et à Créteil. Elles préféraient de loin leur vie à Rosny-sous-Bois ou Créteil qu'ici dans le XIIe, ces gamines-là.

* *
*

Pasindu en cinquième parle un excellent anglais. Il est indien. Il a un regard bien plus ouvert que les autres élèves de son âge. Il suit vos paroles, il sait d'avance, sourit quand il est surpris et, parfois, il s'attriste quand il sent que vous n'arrivez pas à faire passer quelque chose. Lui, il sait déjà tout ça. Il patiente en dessinant. Il y a des élèves comme ça, chaque année, pas si nombreux, mais il y en a. Il vient de rentrer en France. Il a manqué un mois entier, sa grand-mère est mourante, ils sont allés en Inde pour l'entourer. Il m'a tendu sa feuille. Il voulait se débarrasser de ce sale souvenir. Juste une image. *This man, he was old, he was so old!* Il prend des cours de dessin à côté. Là il avait essayé de le dessiner, mais les traits de son visage, il n'avait pas pu. Non, il ne se rappelait pas des traits de son visage. Seulement qu'il était vieux, oui, *so old!*

– *Was he French or Indian?*

– *French.*

Il n'a pas voulu reprendre sa feuille. Il devait espérer que ça suffirait pour s'en débarrasser, refiler le bébé avec le dessin. Je ne sais pas si ça suffit… On s'est souhaité une bonne année et, à part moi, je me suis dit : sans plus jamais de mauvaise rencontre. Mais on ne peut pas le décider, on peut juste l'espérer lors du *Good Riddance Day*.

Sont passées cahin-caha les trois heures suivantes… Les gamins avaient hâte de finir les cours. Je me suis demandé si je devais alerter quelqu'un, pour cette histoire de Pasindu. On ne sait pas par quel bout prendre ces affaires-là. Il faut s'en occuper pourtant. Je ne savais pas. Il y a des journées plates, plus ou moins dures, il ne se passe rien ; les mômes hurlent dans le couloir de l'étage. Puis, ils rentrent en cours et comme c'est le dernier jour ils demandent si on va regarder un film. La réponse est non. Ils aiment bien quand je dis ça, en hochant la tête que oui. Ou oui, en hochant la tête que non. J'étais rincé.

À la sortie du bahut puis place de la Nation, j'ai loupé successivement les bus 57, 351, 215 et, vers midi et demi, j'ai fait le trajet à pied jusqu'au tramway de la porte de Vincennes. Je suis tombé sur un ancien élève du boulevard. Celui-ci, je ne l'ai jamais oublié, sauf qu'il avait trente-trois ans aujourd'hui.

– Quoi, t'es sûr, trente-trois ans ?

Il a ri, ben oui m'sieur. Il date de mes toutes premières années dans ce bahut, probablement ?

– Mon cher Aymen, comment vas-tu ?

– Ah m'sieur, bonjour, ça fait longtemps dis donc.

Il avait un grand sourire.

C'était un gamin très beau, qui avait du mal à apprendre. Il rêvait de retourner au bled. Son bled c'était en Tunisie. Quand les gosses disent qu'ils vont au bled ils précisent rarement le bled de quel pays. Le pays est secondaire, par rapport au bled. Le bled, c'est où ? Le bled est le pays des vacances, pays de la famille, des mariages et des enterrements, des cousins et de l'ennui. Le bled peut aussi être la menace ultime pour les enfants. Si tu continues comme ça, on va te renvoyer au bled ! Son père avait fait construire là-bas et, en cinquième, il avait déjà une petite moto, une 50 centimètres cube. Sa sœur avait de bonnes notes, elle, ils partageaient le même sourire, leurs grands yeux bleus. Comme c'était une gravure de mode, il a vite fait des photos pour des fringues ou des salons de beauté. J'ai vu sa mère vieillir sur le boulevard, peu à peu. On se saluait du regard, et puis on a arrêté de se saluer. Je me suis dit que si elle me reconnaissait, elle devait être surprise elle aussi.

– Et vous m'sieur, comment ça va au bahut ?

– Ça va, pas mal, je suis sur ma dernière année.

– Vous les faites pas, m'sieur…

– Merci Aymen…

– Vous avez prévu des choses pour la retraite ?

Il m'a parlé de sa mère, qui venait de prendre la sienne. Il essayait de la faire sortir de chez elle où elle se laissait complètement aller, il s'inquiétait vraiment pour elle.

– Je la comprends, Aymen, c'est pas facile, ces moments-là. Et ta vie alors ça va bien ?

– Ouais super. J'ai un boulot. J'ai un bébé, ma femme est enceinte.

– Tu fais quoi en ce moment ?

Il est devenu ingénieur dans une boîte à Asnières, dans la métallurgie. Vous savez sans doute pas ce que c'est… Il s'en est probablement mieux sorti que pas mal de ses copains du boulevard. On s'est longtemps serré la main. Je le dirai à ma mère. J'aimais bien ce gamin-là, avec ses grands yeux, sa gentillesse, et ses rêves du bled en moto, là-bas, en Tunisie. J'ai continué mon chemin, punaise, j'avais oublié de lui demander des nouvelles de sa sœur. On s'attache à des inconnus, quand ils ont des visages d'enfant, et qu'on les croise encore vingt ans après les cours à l'improviste sur le boulevard, entre Nation et gare de Lyon…

Sur les deux bosses du parcours de skate, quelqu'un avait écrit : le secret de ton venin. C'était récent. Je n'avais pas pu le voir en sens inverse, à 7 heures du matin. Ce n'était pas facile à comprendre. Le secret de ton venin ? Peut-être une histoire d'amour ? Je suis passé devant les bahuts du cours de Vincennes, pas de collègue ce coup-ci avec qui papoter, pas de gamins à éviter parce qu'ils auraient envie de m'afficher devant les autres. Il faudrait que je parle avec Pasindu après les vacances de Noël, si jamais. Ou alors, j'oublierai, et j'espère lui aussi. *He was so old, so old!* J'ai attendu le tram.

Non m'sieur, pas indien, français.

II

Je ne suis pas allé à la raclette de Noël. Il y a un moment où on a vraiment passé l'âge, pas que pour la raclette. Ça arrive à notre insu, quelque chose rôde autour de nous sans avertir. Les élèves ne se rendent pas vraiment compte. Les collègues si, évidemment. Un jour, on a dû passer de l'autre côté. Les profs s'angoissent souvent de vieillir, de ne plus ressembler, même de loin, aux élèves auxquels ils ont à enseigner et qu'ils ont été eux aussi (elles aussi). Moi ça ne m'a presque jamais effleuré. Longtemps. J'ai même l'impression que quelque chose les rassure dans le fait d'avoir affaire à un vieillard. Bien sûr, on est vieillard à quarante ans pour ceux qui en ont douze, treize ou dix-sept. J'en abuse évidemment.

Bref, j'ai évité la raclette de fin d'année... Raclette ou pas, à chaque début d'année, il faut toujours commencer par le pot de rentrée, en général un kir cassis... Je ne sais pas si je vais réussir à éviter mon pot de départ à moi. J'aimerais bien que mes collègues boivent un verre à ma santé et, pour ainsi dire, je ne serai plus là. Ou alors si, mais je n'existerai plus vraiment, déjà. On se retire peu à peu du monde, avant d'en être complètement retiré. Ici comme ailleurs, on disparaît toujours par pièces détachées, le casier, la salle, l'adresse mail académique, les vagues souvenirs, puis la voix. À chaque pot de rentrée, Marie disait qu'elle avait mal au ventre à cause de l'emploi du temps. Quel serait son emploi du temps ? Pendant près de quarante ans, chaque rentrée fait mal au ventre. Toute l'année votre semaine est découpée de telle ou telle façon et si ça coince, on sait que ça va mal se passer…

Les profs en général ne dorment pas beaucoup la veille de la grande rentrée. Mais bien sûr, les plus malins seront déjà passés dans les bureaux pour s'arranger, rapport à l'emploi du temps, à la répartition des services et aux autres choses qui peuvent un peu s'améliorer. Il y a les réjouis, les soucieux. Celles et ceux qui se sont demandé comment ils allaient s'habiller et qui arrivent avec leurs casques de vélo, leur sac à dos et des fournitures pour l'année. Les gens bronzés qui n'ont pas eu le temps de déposer leurs bagages. Ceux qui arrivent en demandant déjà à quelle heure ça doit finir. J'ai toujours été étonné par les profs capables de plonger directement dans le grand bain des rentrées. Au début, on fait un tour de table, à la grande réunion, la plénière. On se présente en se levant. Il y a ceux qui font des blagues et d'autres qui déclinent leur identité, leur matière, avec la componction d'un intérimaire fraîchement embauché chez Roc Eclerc pendant la Covid. Ensuite, on se rassied et chacun attend son tour et son emploi du temps. Bien sûr, ces emplois du temps sont temporaires et les définitifs ne seront pas complétés avant deux semaines. Ensuite, on parle des nouveautés. Les réglementations sur le bac, le brevet. Les statistiques des résultats, si ça monte ou ça descend. Les heures dédoublées qui ne sont plus financées, les postes vacants. Il a fallu faire des choix. Ensuite, il y a le défilé des agents de service, qui sont déjà là et qui, une fois sortis du rang d'oignon, regagnent leur cuisine ou leur atelier pour terminer de faire ce qu'ils doivent faire. C'est urgent.

À chaque rentrée, les nouveaux arrivants cherchent des yeux les collègues de leur matière, si possible de leur génération, tandis que les autres se congratulent, un peu, ou pas. Je me demande si un tel va me dire bonjour cette fois-ci. La réponse est non. Il a du mal à dépasser un vague sourire.

Ça m'arrange, on ne s'aime pas. Je suis devenu plutôt indifférent. Comme quoi, je suis vraiment resté longtemps dans ce bahut. Si je cherche des raisons à ce manque d'ambition, j'imagine que c'est que les collègues sont sympas. Les jeunes profs viennent de banlieue, zone d'éducation prioritaire. Ils ont l'impression d'être particulièrement méritants puis ils se rendent compte que les générations de profs avant la leur ont suivi le même parcours, se sont rapprochés de Paris, ou bien ils attendent de partir en province. Certaines villes ou régions valent très cher, des années à attendre sans être certain. D'un collège de Bondy-Nord, Marie-Lyne avait atterri en plein centre-ville d'Aix, dans le meilleur lycée, sans l'avoir vu venir. Une fois, rue de Châteaudun, j'ai vu des jeunes profs titulaires des Antilles qui, assis sur le trottoir, s'étaient enchaînés, ils avaient été mutés par ici sans espoir de revenir aux Antilles avant dix ou vingt années. Ils sont peut-être restés plusieurs jours ainsi, sur le trottoir. Les passants n'avaient pas l'air concernés. Où avaient-ils trouvé les chaînes en fer ? Au Casto, à Brico ? Ont-ils obtenu gain de cause ? À quel prix ? La Bretagne, certains endroits du sud-ouest valent plusieurs années de région parisienne, Paris, Créteil, Versailles. En fait la vraie raison de ma présence depuis si longtemps ici, si je devais n'en choisir qu'une, ce serait plutôt les transports en commun, le temps que je mets pour aller bosser. De la porte de Charenton, un quart d'heure. Une demi-heure de la porte d'Ivry. Juste un peu plus de trente-cinq minutes de Bagnolet, si tout va bien.

Les gens se regroupent selon les matières. Depuis trois ans, je ne suis plus professeur principal. Sur le coup, je l'ai mal pris, ça rapporte quand même une petite centaine d'euros par mois, et on connaît mieux les mômes de la classe au moins. Le nouveau principal en avait décidé autrement. Il a bien eu raison quelque part, ça m'allège. On devrait quitter la vie sans rien, on devrait apprendre à se faire léger. Un jour on est prof sans livre, sans cahier, sans ordi : il est temps de partir ailleurs, où on n'a plus besoin de ça. N'empêche, c'est extraordinaire comme certaines personnes sont déjà toutes à leur affaire, comme si elles n'avaient pensé qu'à ça pendant les vacances d'été. Il faut aussi trouver les clés des salles, des profs vont en changer trois fois par jour, c'est fatigant. Seigneur, je suis né fatigué ! je ne veux plus aller à leur école ! Il faut aussi vérifier les ordis, on doit tout faire dorénavant sur les ordinateurs de l'éducation nationale. Souvent, ils marchent mal. En fait, je ne sais pas pourquoi ils marchent plus mal que chez soi, à la sécu, au salon de coiffure, au garage automobile, mais voilà. Ou bien je ne sais pas bien me débrouiller. Il faut photocopier les listes, sortir ses feutres, photocopier les premiers cours. Et puis rencontrer les élèves. Continuer sa vie.

III

Un ado de quinze ans est mort lors d'une bagarre devant le lycée Rodin, j'ai entendu ça hier à la radio. Le jeune homme n'était pas scolarisé là-bas, il venait d'Alfortville. On se tient coi devant ce genre de sales nouvelles, un jeune homme victime d'une bagarre de bandes rivales. Les gens parlent à tort et à travers dès qu'il s'agit d'écoles ou de lycées. En somme, on a beaucoup moins d'experts en plomberie, en je ne sais quoi, qu'en matière d'éducation. Une vie gâchée avant la vie. Pourquoi ? On n'en sait rien. On ne saura jamais.

J'ai passé une année là-bas, dans la cité scolaire Rodin, dans le XIIIe arrondissement. Ce n'était pas une bonne année pour moi, je venais de dix ans de lycée à Bondy. J'avais demandé ma mutation, pas vraiment pour avoir Paris, réputé inaccessible, mais pour les dix points supplémentaires. Je ne vous explique pas le système. En tout cas, comme il y avait eu du grabuge dans les rangs des profs cette année-là (était-ce pour les salaires ? les conditions de travail ? je ne me souviens pas), ils ont dû assouplir les barèmes. J'aurais préféré à tout prendre continuer à Montreuil, ce n'était pas trop loin de chez moi. Mais le lycée de Montreuil était plus cher en points que l'académie de Paris. Alors bon. Se retrouver lycée Rodin, ce n'est pas donné à tout le monde. Il faut bien expliquer les choses.

J'aurais dû être muté dans un petit collège porte Brunet, près de la porte de Pantin. C'est dans la cuvette quand on descend vers La Villette. Il y a un souterrain pour passer des Maréchaux sous le boulevard périphérique, avec des graffitis et, souvent, des paquetages qui attendent leur propriétaire, quand vient la nuit. Ici, c'est calme, par comparaison. De vieux immeubles en brique de l'ancienne ceinture rouge où sont entassés les immigrés côtoient des maisons construites par des maçons, des gens du métier. Ici, les bobos ne viennent s'installer qu'à petite vitesse. Il faut un certain doigté dans les quartiers de grande misère pour les faire changer. Bref, je m'y suis rendu tout début juillet pour me présenter. Il faisait beau, j'avais demandé un temps partiel car je n'en pouvais plus et j'avais enfin Paris. Paris ! bon. Ça ne s'est pas très bien passé avec la principale de cet établissement. Elle était en crise visiblement. Elle avait les cheveux courts. Elle donnait l'impression d'être épuisée. Ses lunettes n'étaient pas très claires. La secrétaire était là, l'infirmière aussi. J'ai frappé à la porte.

– Qui c'est çui-là ?

Elle m'a regardé de haut en bas, de bas en haut. Puis elle s'est retournée vers les autres.

– Je veux pas de pédés en tongs dans mon établissement !

J'ai dû avoir l'air surpris. Mais oui, j'avais bien entendu. De pédé en tongs ? Sorteeeez ! Oui, j'étais quand même surpris pour de bon. Il y avait des sophoras sur le trottoir et les travaux dans ce collège n'étaient pas terminés. Je ne sais pas pourquoi je vois encore des gros pots de peinture blanche sur un échafaudage du bâtiment… une radio, quelque part, deux garçons, un contre un, sous le panier de basket du terrain d'à côté : le début d'un été à Paris. Pédé en tongs ? j'étais en bermuda, un Monoprix je me souviens – c'est un peu cher Monoprix –, et en sandales aussi, mais pas des Monoprix.

Les autres ont dû un peu réfléchir. L'infirmière a couru me rejoindre à la sortie du bahut pour s'excuser en son nom, elle n'aurait pas dû hurler comme ça. Elle, elle n'avait rien personnellement contre les pédés ni les tongs.

– Elle a l'air fatiguée, pas de souci...

J'ai remonté vers les Lilas par la rue calme qui longe le périphérique extérieur. Un ou deux jours après, j'ai essayé de l'appeler mais elle m'a raccroché au nez. J'ai appelé le rectorat. Ils étaient au courant. Ils sont toujours déjà au courant, souvent pour ne rien faire, pour ne pas en parler. Non, ce n'était pas mon genre de porter plainte. Vous pouvez si vous voulez... Oui, j'aurais pu mais j'ai fait encore un essai. Elle a de nouveau raccroché. Je leur ai donc dit que je ne pourrais pas aller travailler dans ce bahut-là. J'avais à peine raccroché qu'elle m'appelait à son tour, glapissant qu'elle allait porter plainte, que je n'avais pas suivi la procédure, elle allait me casser en deux !

– Merci madame, bonne journée.

J'ai raccroché avant elle. Et eux qui étaient au courant m'ont demandé de passer les voir, ce n'est pas loin. Ils allaient me dédommager, pour ainsi dire. Une année au lycée Rodin.

La principale devenue folle avait sans doute besoin de très longs congés maladie. C'était la faute à la tempête, à ce qu'on m'a dit, (l'ancienne, de janvier 2001). Le toit de son bahut s'était envolé et, depuis quelques années, chaque matin, elle envoyait des classes dans des autocars vers d'autres établissements, le temps que ça soit réparé. Remplacer la chef aussi, pas que le toit ? Je n'ai pas demandé. Il faudrait beaucoup de temps pour réparer.

Je me souviens bien de cette tempête. Mes enfants étaient petits. Tout le monde dormait, moi, j'étais en voiture pour Aulnay-sous-Bois… Sur le boulevard périphérique, j'avais des doutes, ça soufflait vraiment fort, je me disais. Un grand panneau Decaux s'est effondré au feu rouge de la sortie d'Aulnay. Punaise, je me suis dit, c'est Nouvel An, et c'est la fin du monde, Seigneur, je ne veux pas mourir tout seul sur l'autoroute A3 ! Je suis rentré chez moi à vingt à l'heure. Les voitures ne tenaient pas dans leur file. Les autocars s'étaient mis à l'arrêt sur la voie de droite, près des rambardes. Dans le parking sous-terrain chez moi, ça faisait un bruit d'enfer. Mes enfants et ma femme dormaient.

– Hé, c'est la fin du monde ! Tout s'envole, on va y passer !

– Quoi ?

– C'est la fin du monde, la grande tempête !

– Ah oui ? Arrête de délirer, tu me réveilles pour ça ? Ne reste pas planté là, ça va passer, recouche-toi !

Pendant ce temps-là, le toit d'un établissement de la petite ceinture s'envolait avec les arbres, les poubelles, les panneaux, les sacs plastique, les échafaudages, tout un tas de ces choses qui parfois peuvent s'envoler. La tempête traversait le bois de Vincennes en fauchant des centaines d'arbres et l'après-midi, pendant leur promenade dominicale, des gens pleureraient en constatant cette dévastation soudaine. La principale devait se livrer chaque matin à cet exercice fatigant, peut-être même désespéré. Elle ne pouvait pas s'occuper de pédés, en tongs en plus de ça. C'étaient des sandales, pas des tongs ! Le type des RH a hoché la tête.

– Et puis… ?

Il a dû se raviser. Il n'a pas terminé sa question. Il avait sans doute mon dossier. Beaucoup de chefs d'établissement perdent la tête dans leur carrière, pour eux non plus ça ne se passe pas si bien que ça. J'aurais peut-être dû porter plainte, finalement. Ça m'aurait peut-être même aidé pour mon avancement ? Mais bon, j'avais le lycée Rodin pour un an. Comme j'avais été nommé en retard, j'ai eu un sale emploi du temps, avec plein de trous dedans. C'était bien embêtant ces nominations tardives. L'adjointe était mécontente. Ils auraient pu lui demander son avis. Elle avait préparé l'emploi du temps des profs pendant l'été aux petits oignons et voilà qu'elle devait les refaire à cause de moi. Pourquoi n'étais-je pas dans l'autre établissement ? La question m'a été posée, des années plus tard, par l'inspecteur. Celui de la porte Brunet ? Je devais être un tire-au-flanc. J'avais bien envie de le lui raconter mais il m'a interrompu. Passons. J'ai mis mon mouchoir dessus.

IV

Il y a une petite statue de Rodin devant les bâtiments mieux entretenus que dans le lycée de banlieue d'où je venais. Beaucoup d'élèves… Rodin est une cité scolaire d'assez bonne réputation, ni trop ni trop peu, je crois me souvenir qu'ils ont des options théâtre, des classes prépas. Tout à côté, le grand square René Le Gall où il est très agréable de tuer le temps entre deux cours avec trois heures vides au milieu, s'il ne pleut pas. Des parents regardent leurs mômes jouer, leur téléphone marche à fond. Au milieu, des groupes font du Qi Gong. Les fumeurs de shit de Rodin se retrouvent aussi le soir dans les parages et se racontent des histoires amusantes. En cours, ils rient souvent. Les enseignants sont les mêmes qu'à Bondy, en moins stressés, avec un sens plus aigu de la hiérarchie. Les profs agrégés, les certifiés, les non titulaires, les stagiaires, les contractuels, les formateurs, les rigolos et les stressés. J'ai passé des heures et des heures à attendre entre deux cours.

Peu de choses à raconter à mes collègues, peu de choses à les entendre raconter…

Oui, c'était difficile de sentir le temps passer pour rien, des heures et des heures passer pour rien. Une particularité de cet établissement est d'inclure des élèves malentendants. Dans les classes de collège surchargées, certains gosses étaient accompagnés par des assistantes de langue des signes. Au début c'était vraiment le bazar dans mes classes, les élèves de bonne famille avaient l'air de faire une sorte de concours de sales gosses mal élevés. Je n'étais pas encore habitué aux mômes de Paris, ils ne sont pas exactement les mêmes qu'ailleurs, en fait. Les gamins appareillés vous donnent un surnom, et pour le reste, ils vous regardent avec des yeux attentifs ou rieurs. C'était pas une trop bonne idée à mon avis les classes de trente en collège, voire plus, et bien pire au lycée. Pendant les heures de trous, j'allais me balader dans le quartier, je passais et repassais dans la rue de la Santé, près du mur. On ne peut quand même pas passer sa vie à préparer des cours ou à corriger des copies. L'ombre de Samuel Beckett et, aussi, de manière plus personnelle, celle de mon père qui a été emprisonné en plusieurs endroits, dans sa vie. La librairie du Dilettante, alors au bout de la rue, en face, avec leurs magnifiques occasions choisies, Calet, Guérin, Calaferte. Depuis ils ont déménagé.

* *
*

C'était vraiment bizarre de se retrouver au lycée Rodin. Il y avait bien plus d'histoires que dans le bahut d'où je venais. Les gens étaient en général mieux habillés, parlaient des films qu'ils avaient vus, des expositions, des bars du samedi soir. Radio potin marchait à fond… Le prof de philosophie avait divorcé de la prof de français, il l'avait trompée avec la prof de X, qui était partie à Marseille avec Machin. Et tu sais quoi ? Machine avait croisé l'ancienne amante de Truc dans une fête un peu destroy du samedi… Ça me donnait une impression dilettante, mais pas que… On était quand même à Paris. Moins d'élèves maghrébins.

Dans une classe, j'avais une gamine, grande pour son âge, avec des boucles d'oreilles, une chevalière au petit doigt, elle tenait ses épaules en avant. Elle avait de bonnes notes mais en voulait de meilleures. Sa mère remportait un grand succès auprès de ses camarades à cause de sa grosse voiture où, d'après les copines de l'élève, on pouvait boire un verre aussi, sans oublier le téléphone et l'écran pour la télé (je ne suis pas très sûr, pour l'écran de télé). Cette dame était venue me voir. Elle était impressionnante, si on est impressionné par les grandes voitures aménagées, les gens sûrs d'eux, au sourire indiscutable... Elle venait du monde de l'argent et savait sans doute s'adapter. Je suis ravie de faire votre connaissance... Elle était fort occupée, mais elle aimait rencontrer les enseignants. Voilà... Sa fille était déçue par ses notes, qui allaient peut-être l'empêcher de rentrer au lycée international, à... là-bas... est-ce que je pouvais faire quelque chose ? Je n'ai pas compris tout à fait le message, j'ai répondu oui bien sûr, elle peut venir me voir après le cours, je peux l'aider. Elle était partie avec un grand sourire, elle avait un type en costume noir pour la conduire, dans sa belle auto. Puis, comme je n'avais pas compris, huit jours plus tard, le père m'a donné rendez-vous. Le père avait sa place dans la grande auto mais ce n'était pas lui qui la conduisait. Le mari de cette grande patronne blonde était brun, costaud et râblé. Il travaillait à l'ambassade de son pays. Il avait l'air sympathique.

– Comment allez-vous, professeur ?

J'avais envie de rire, je me souviens. Il savait l'importance des enseignants dans une vie, ce dévouement sans faille pour de petits salaires... Et puis il y avait toujours ce problème des notes de sa fille, qui m'aimait beaucoup. Elle n'arrêtait pas de parler de moi. Avec les petits salaires, ils s'étaient demandé, sa femme et lui, s'il ne pouvait pas aider, oh, modestement, mais enfin, sa femme et lui seraient heureux de me rendre service... Il a sorti l'enveloppe de la poche intérieure de sa veste grise. Je n'ai pas osé demander combien ils avaient mis dedans. Parole, j'ai eu pour la première fois de ma vie une proposition de pot-de-vin au lycée Rodin de Paris.

– N'hésitez pas, c'est de bon cœur...

J'ai dit que ça irait comme ça, non merci. J'ai mis de meilleures notes à la jeune fille, gratuit. Elle travaillait énormément pour ne pas les décevoir. On a parlé un peu vers la fin juin quand elle m'a remercié. Elle était très occupée, à coup de cours particuliers et de cours de tennis, de danse, sans oublier le mercredi l'école de son pays d'origine, pour ne pas couper le lien. La docilité des enfants peut avoir quelque chose de triste...

C'était le bazar dans mes classes. Je croyais pourtant avoir appris à les tenir dans le neuf-trois. J'avais hâte de finir l'année.

Plutôt que de traîner en salle des profs, je préférais me promener dans le quartier. Parfois, une enseignante de langue des signes me rejoignait. On parlait de tout et de rien. J'ai vu les arbres refleurir sur les Gobelins, dans le square Le Gall, les fleurs et les belles plantations. Par endroits, ça sentait bon la marie-jeanne. J'avais une impression de pré-retraite généralisée, un genre d'ankylose au cerveau. Aujourd'hui, j'ai à peu près tout oublié du b.a-ba de la langue des signes que j'avais appris. Les élèves malentendants méritaient sans doute mieux que d'être intégrés dans des groupes de trente, l'intégration a le dos large… Comme je ne supportais plus la salle des profs, j'ai lu beaucoup de livres au square, cette année-là. Parfois, j'allais me réfugier sous un kiosque à musique du boulevard mais je me faisais distraire par les sans-abris du coin. Si on se met à leur disputer même les kiosques à musique dans les endroits vides… Ça braillait plus l'après-midi que le matin, évidemment. On avait de vieux manuels. Je rentrais chez moi à pied, de longues balades.

Je manquais nettement d'argent à cause de ce temps partiel mais je n'aurai même pas touché de pot-de-vin dans ma vie. Misère ! D'autres parents d'élèves sont venus rencontrer le prof d'anglais, en plus des réunions de mi-trimestre. La plupart étaient sympas, solidaires, eux aussi après tout avaient été élèves.

– Et son accent, ça va ? Je vais l'envoyer à Brighton, vous connaissez ?

– Sa mère lui laisse une grande liberté, moi je bosse jusqu'à 22 heures. Le week-end, je le fais réviser.

– Je suis en instance de divorce, il ne dit rien à mon fils. Il ne laisse rien passer. Je ne sais pas quoi faire.

La plupart du temps, il suffit de bien écouter.

Parfois non.

Un père m'a expliqué qu'il faisait le même travail que moi, enfin, presque, lui il faisait un semestre par an à Yale. Il avait ouvert sa boîte de conseil dans le privé. Il avait les yeux très clairs, il avait dû imaginer me convaincre avec cet argument. Il avait une sale gueule de con. Je lui ai dit que non, ça n'avait rien à voir du tout, son travail à Yale et le mien. Il s'est vite fâché, ne sachant que faire pour me rendre service… Il m'a proposé d'imaginer des cours de théâtre en anglais. Il pouvait me prêter des livres si je voulais. La pédagogie, c'est pas pour les chiens. Ce n'était quand même pas la faute de son fils si mes cours n'étaient pas intéressants ! Bobos de Paris : je ne connaissais pas bien avant. Celui-ci, vu qu'il ne me proposait pas d'enveloppe ni de balade en grande voiture, je l'ai envoyé chier sévère. Bien sûr on m'a demandé ce qui s'était passé. Ah, il s'est passé quelque chose ? Je ne sais pas, rien je crois... Sa femme est venue à son tour pour arrondir les angles. C'est une constante j'ai remarqué chez les couples mariés de bon milieu. La femme puis le mari. Ou le mari puis la femme. Et parfois, si ça coince, les deux. Elle était plus jeune, plus ouverte... Peut-être parce qu'elle ne travaillait pas un semestre par an à Yale, elle comprenait mieux les choses que lui. Ça n'a rien changé au bout du compte. Leur gosse m'a pourri la vie jusqu'à fin juin.

C'était une année de convalescence du lycée de Bondy. J'ai découvert un quartier et puis, avec les gamins malentendants, j'ai eu plein d'échanges. Certains collègues, ceux qui étaient au courant, m'ont dit au revoir.

– Alors tu pars ? tu vas où ?

– J'attends ma mutation.

– Collège ou lycée ?

Selon elle, il valait mieux le lycée, moins débilitant à force, et passer l'agrégation. Elle était sympa, cette collègue de physique. Elle aimait faire des graffitis, m'a conseillé des endroits, du côté de la Poterne des Peupliers, à Gentilly, au port d'Ivry aussi. Un collègue d'anglais avait quelques heures ici, en complément de service. Il était agaçant, amusant aussi. Il venait toujours parler avec moi, un peu comme s'il passait par allô psy gratuit. C'était le genre de prof en blouson Schott qui se met trop près de vous pour vous parler. Son truc à lui, c'était l'achat de pierres semi-précieuses pour les revendre. Il était intarissable sur ce sujet. Il en faisait venir du fin fond du Venezuela, de la Tasmanie, de je ne sais où. Là, par exemple, il avait refourgué une tourmaline à 4 000 euros qu'il avait eue pour trois fois moins...

– Et les impôts, les taxes, ces trucs-là ?

– Bah, ça passe crème.

– Oh vrai ?

Il n'arrêtait pas de délirer. Et puis c'était vraiment le genre de type qui vous pousse le dos au mur pour vous parler. On se sent coincé, c'est agaçant. Il pouvait me faire rentrer dans cette grande aventure du commerce des semi-précieuses, il suffisait d'une petite mise de fonds. Une fois, il avait quand même eu des problèmes avec ses épinards dans un bahut. Là, il visait un grand lycée.

– Mais toi ? Comment tu fais pour rajouter du beurre dans tes épinards ?

– Euh... Ben...

– Les cours particuliers ?

– Non.

Lui il en avait donné à des enfants de millionnaires… C'est net d'impôt, les cours particuliers aux enfants des millionnaires. Une nuit, en rêve, il n'y a pas très longtemps, j'ai vu un type qui fronçait les sourcils et portait une loupe de bijoutier à l'œil droit. Il ressemblait un peu à Landru grimaçant dans une bande dessinée, pour ceux qui imaginent Landru dans une bande dessinée. Il avait dû découvrir un caillou de grande valeur. Il était hilare quand il a relevé les yeux et m'a éclaté de rire au visage. Je me suis réveillé. J'ai essayé d'avoir de ses nouvelles, à ce type, pour agaçant qu'il était il m'a quand même bien fait rire pendant cette année au ralenti, avec des trous partout. On ne s'était pas dit au revoir. J'ai limité les effusions de mon côté aussi. Pendant quelques semaines, j'ai cru reconnaître des élèves dans les couloirs du centre commercial Italie 2, car entretemps, j'avais déménagé à la porte d'Ivry. Et puis, ça aussi s'est terminé.

* *
*

Certains collègues changent de bahut presque chaque année. On les appelle les TZR.

– C'est ton poste ici ?

Parfois, ils vous disent qu'ils aimeraient bien rester, la cheffe d'établissement va voir ce qu'elle peut faire, et en fait non, ça ne marche presque jamais. D'autres vous disent qu'en fait, ce qui leur plaît, c'est de changer chaque année de bahut, ils ont choisi cette manière d'exercer leur métier. Il y a les remplacements de petite durée et ceux de longue durée. Tous ne l'ont pas choisi, évidemment. Ils sont là pour boucher les trous, demander les clés, suivre l'emploi du temps du collègue qu'ils remplacent. Ils vous demandent comment ça se passe par ici. Les gamins ? la direction ? les surveillants ? les ordinateurs ? Ils ont besoin du code de la photocopieuse et, souvent, de la liste des élèves qu'ils n'ont pas eue, mais ça viendra. Ils vont signer leur PV d'installation, histoire d'être payés à l'heure ou pas trop tard. Ils en ont vu d'autres, ils demandent où trouver une bonne boulangerie pour les sandwiches du déjeuner. C'est mangeable à la cantine ? Ils ne sont pas tous jeunes. Ils font mine de s'intéresser à des conflits latents depuis plusieurs années. Certains ne se donnent pas la peine de sympathiser ou de faire comme si. Avec un peu de chance, ils ont eu une semaine ou un mois de vacances supplémentaires. En général, leurs cours sont déjà prêts sur des clés USB. Ils vous donnent des nouvelles de collègues mutés. Puis, comme pour les élèves, quelqu'un demande si on a des nouvelles d'une telle, d'un tel aussi ? Je ne sais plus où elle est, ah si, attends, je crois qu'elle est nommée là-bas !

* *
*

À Reuilly, je les ai eues trois ans de suite je crois bien. Elles étaient dans l'option danse, toujours ensemble. La dernière année, c'était dans une classe avec les tables en îlot : deux tables collées l'une à l'autre, quatre élèves. Parfois, Armance se dévouait pour répondre aux questions, quand ça lui faisait envie, ou bien elle avait dans l'idée que le temps passerait plus vite en travaillant. Ou alors elle prenait de bonnes résolutions qui commençaient par l'anglais parce qu'elle aimait bien ça, les maths, non. D'autres fois, Armance avait un genre de chagrin qui la forçait à rester avachie sur le bureau, et ça ne servait à rien de lui demander de se tenir droite. Ni de la virer. Ni la coller. Ni quoi que ce soit. Elle était là sans être là, ses copines de la bande des quatre la regardaient, sans trop d'inquiétude.

– Vous en faites pas monsieur, on prend le cours, on va lui donner !

Et de hocher la tête avec un petit sourire. Apparemment, Armance mène la vie dure à ses parents, une fois je croise son père tout stressé à la sortie du bahut et il me demande si je sais où est passée Armance, si je l'ai vue dans le quartier. Puis, il se rend compte de l'absurdité de sa question.

– Elle s'est enfuie!

Il a l'air traumatisé, comme chaque fois. Armance lui donne du fil à retordre, elle le fait beaucoup cavaler. Elle s'est barrée parce qu'elle était en colère pour quelque chose, elle est allée faire un tour. Bien sûr, elle va chez la psy pour parler de ses soucis. Pour ma part, je la trouve tout à fait bien dans ses baskets, elle rêve d'être danseuse. Les lendemains des entraînements, elle dort sur le bureau. Elle n'a pas eu le temps de faire ses devoirs, elle est juste débordée.

Ses copines gèrent et elles me montrent avec un bel entrain une page où, si je regarde de près, je vois surtout des petits dessins, des griffonnages, ou une sorte de conversation de textos... Là je me souviens avoir piqué une crise : je pique toujours des crises quand on dit « je gère », c'est comme ça...

La même année, en troisième, j'ai un grand élève d'1 m 95 qui revient chaque lundi avec des bleus et des traces de gnons, il est dans l'équipe de hand du PSG pour les garçons de son âge. Parfois, il rêvasse, si je lui demande ce qu'il fera plus tard, s'il a une idée, il me dit qu'il ne sait pas s'il a le niveau en hand pour faire une carrière pro. Il aime bien le hand mais pas prendre des gnons. Il me montre les bleus au bras, au genou, à l'aine. Il en connaît pas mal sur les os, les muscles. Il songe parfois à devenir kiné s'il ne fait pas carrière de gnons dans le hand.

Armance grandit beaucoup et parfois, comme elle a bon cœur, elle se mêle, avec ses copines qui rigolent, de me donner des conseils vestimentaires. Ou bien : M'sieur ! Elle lève la main et je hoche la tête vers elle, plein d'espoir.

– M'sieur, pourquoi vous vous faites pas raser la tête ? On est sûres que ça vous irait mieux. Ça vous rajeunirait.

– Merci Armance, j'y songerai.

Armance hausse les épaules.

– Vous vous vexez pour rien. C'est pour vous que je dis ça, moi, hein.

Chez le coiffeur de la rue de la Plaine, je lui demande de couper plus court que d'habitude, en pensant à ce qu'elle m'a dit. Ah voilà ! c'est mieux ! c'est plus viril ! Surtout que vous êtes chauve, elle repère tout de suite. Les copines hochent la tête.

À la fin de l'année, alors que je ne verrai plus jamais ces quatre gamines probablement, Armance se tourne vers moi à la porte et m'adresse le plus grand sourire qu'elle connaît. Ben au revoir monsieur, merci pour toutes ces années ! Salut Armance, je lève la main, portez-vous bien les filles ! elles disent qu'elles reviendront peut-être nous dire bonjour. Armance fait la moue, elle verra, elles sont surtout contentes d'être débarrassées.

* *
*

– Vous me reconnaissez pas ?

– Euh. Bonjour, non, non je ne te reconnais pas.

– Saïd.

– Ah oui, tu as bien grandi. Bonjour Saïd, ça va ?

– Ça va…

Il ne sourit pas du tout. Ses cheveux sont coupés très court, comme à l'armée, je me dis. Il a un regard où j'ai du mal à retrouver l'enfant gai qui n'arrêtait pas de bavarder et de dire des bêtises pour faire rire ses copains. Nous sommes sur le trottoir, entre Reuilly et Nation. Il a des muscles secs, un cou épais comme un militaire dans les films américains. *Sir, yes sir*. J'ai revu Aymen récemment. Je lui dis comme ça.

– Aymen ? ça me dit rien.

– Ah bon ? peut-être pas la même année alors.

– Vous avez vieilli, m'sieur. Vous devez mélanger. Vous êtes encore là-bas ?

– Oui, pour une année.

– Vous vous souvenez de ma mère, au moins ?

Il porte les mains à ses poches, me tend son paquet de cigarettes.

– Non merci Saïd, je ne fume plus.

J'essaie de me souvenir, il ne s'est rien passé de particulier.

– Je suis désolé, je ne me souviens pas d'elle…

Il hoche encore la tête, regarde vers le 79, un bar qui a souvent changé de mains, après un genre d'âge d'or où c'était sympa d'y aller, la musique n'était pas trop forte et les gérants, accueillants, vous donnaient l'impression que vous étiez chez vous. Ensuite, une tête de pioche a repris le bail pour vendre très cher ses bières et donc ça a fini par fermer.

– Si vous m'aviez dit oui, je ne vous aurais pas cru.

Les larmes lui montent aux yeux tout à coup. Il revient ici pour la dernière fois. Il a passé toute son enfance dans le quartier, jusqu'à la fin du collège, avant de partir à l'armée. Elle est tombée malade. C'est terminé. Je suis désolé, Saïd, je suis tellement désolé pour toi. Merci, m'sieur. Il sèche ses larmes. Il ne veut pas s'appesantir. Il me dit qu'il avait du mal à l'école. Y a qui encore, elle est toujours là, madame Amira ? Oui, elle est là.

– Vous lui direz que je lui dis bonjour. Je sais pas si elle se rappelle de moi.

– Je lui dirai.

Quand il revient dans le quartier de son enfance, depuis que sa mère n'est plus là, il se sent comme un étranger. Elle était le seul lien. Il ne va pas au bled. Il n'y a rien pour lui au bled. Il a laissé son paquetage à la consigne de la gare de Lyon. Il va prendre le train pour rentrer à Toulon dans sa caserne.

– Pardon m'sieur, je voulais pas vous déranger.

– Tu ne me déranges pas du tout. Ça m'a fait plaisir que tu t'arrêtes, Saïd.

Il jette son mégot, il a à peine fumé sa tige. C'est dommage, je me dis. Il me serre la main longtemps. Saïd, cher Saïd… Je le vois qui s'éloigne sur le boulevard vers la gare de Lyon, à grands pas mesurés, en militaire, comme s'il partait pour toujours, comme s'il n'allait plus jamais revenir.

V

Avec les années qui s'empilent, on devient plus consciencieux. On voudrait s'arrêter sur chaque gamin qui passe dans sa classe. On voudrait mieux savoir pourquoi ce jeune homme part avec les larmes aux yeux rejoindre son régiment. Être sûr qu'on était disponible pour l'écouter s'il le voulait. Oui, on voudrait avoir le temps de les écouter, de les laisser bavarder un peu, entre eux, sur eux, pour mieux comprendre et aider. On vous demande de garder vos distances. On vous demande simplement autre chose. Il faut apprendre à tenir sa classe. On vous donne des formations sur la gestion de classe. Certaines sont obligatoires et pas racontables. Un inspecteur nous a montré très sérieusement le coup de la main levée. Rappel à l'ordre, un, puis deux. On continue son cours sans s'interrompre. On se place devant l'élève qui dérange et on lève la main, pas comme un sergent de ville arrête une voiture dans un film de monsieur Hulot, mais sans mollesse. On s'est tous regardés sans rien dire. Il suffisait d'y penser. Eurêka ! Je dois dire à ma grande honte qu'ayant peu d'autorité naturelle j'ai eu recours à cette méthode, un lundi de grand bordel, en désespoir de cause, on ne sait jamais… Les gamins, après une rapide analyse, ont eu tôt fait de me répondre d'une main levée aussi, ou alors d'un petit coucou. Le prof te dit de te taire ! *Shut up!*

– Oh m'sieur, c'est pas poli.

– Si, ça se dit en classe.

– Ben c'est pas poli quand même.

Deux ou trois fois par an, on doit s'interposer physiquement entre deux gamins. Les dernières années, je me suis rendu compte que j'avais nettement passé l'âge. Le mieux serait de faire comme si de rien. Et puis d'abord on n'est pas là pour ça, on est là pour le programme. On est là pour évaluer.

J'ai regardé hier mes mails, un peu sans raison. Une gamine nous souhaite à tous, élèves et profs, un bon Noël et, sur l'autre boîte mail, l'académique, l'inspectrice nous tient au courant des nouvelles formations. Module Parler : pour quoi dire et pour quoi faire ? Excellente question. Créer un escape game, un parcours ludifié.

Youpi ! Ludifions, ok ! Créer un escape game dans Genially. Re youpi ! Utiliser l'IA pour créer des contenus avec Nolej. Sérieux ? Je n'irai pas. Un jour, dans pas si longtemps, je n'aurai plus de boîte mail des profs et je serai loin de tout ça.

Elle m'est revenue de loin… C'était une enfant perdue. Impossible de me rappeler son prénom. Elle était habillée en fille de boîte de nuit, maquillée idem. Elle venait d'une famille bourgeoise du quartier, elle sortait en boîte depuis ses treize ans. Fumeuse de joints, lectrice de romans (seulement des femmes) : Albertine Sarrazin, Marguerite Duras, Virginie Despentes. La petite fugueuse de Bastille, les papiers bidon pour sortir en boîte.

Elle est revenue en cours, dans un nouvel effort de raccrocher les wagons, sur ses hauts talons, trop maquillée, et les yeux un peu brillants à cause de la vie dehors, des pétards fumés avant de rentrer au bahut. Une gamine de la nuit. L'anglais, elle le parlait lors de ses rencontres, à Bastille, à Châtelet. En Espagne aussi. Parfois elle regardait autour d'elle, une jeune fille trop vite grandie, à quatorze ans dans une classe de gosses. Elle était dispensée de certains cours, les maths et la physique, ça lui prenait trop la tête. Les joints lui avaient un peu ravagé le cerveau pour certaines choses. Je ne lui faisais jamais remarquer ses retards. Elle sortait son stylo de luxe, prête à écrire ce qu'il y avait à écrire. On n'est plus trop à faire écrire les mômes dans les collèges. Parfois elle me regardait, semblait désespérée de trouver quelque chose à apprendre, quelque chose pour la raccrocher ici, dans une école. L'enfance lui était déjà interdite.

Quand elle s'asseyait près d'un môme, il poussait ses affaires sur son coin de bureau, comme s'il ne voulait pas risquer de la déranger. Les gamines la suivaient des yeux, toujours, ou elles se comportaient comme des groupies. Parfois, elle posait son sac à main de marque sur la table, je ne lui demandais pas d'enlever son manteau, un truc en plumes, le dessous pas montrable. Ensuite, ce serait peut-être le lycée. Quand c'en serait fini de cette vie, la suite pourrait vraiment commencer. Vraiment ? Elle devait passer par de sales moments. Les mômes privés d'enfance ne cessent pas pour autant d'avoir douze, treize ou quinze ans.

Un jour, elle a cessé d'y croire, ou bien ils ont cessé de la fliquer. Ils ont dû la changer d'endroit. Ou elle aura fugué, mais où ? Elle devait rêver de ces endroits magiques aux États-Unis. Elle m'avait demandé si je connaissais la Floride. Elle parlait espagnol, italien, anglais. Personne ne m'a donné de ses nouvelles. On voudrait faire quelque chose, mais quoi ?

* *
*

Sans doute est-ce d'écrire sur ces jours de classe qui me pousse la nuit à me souvenir d'eux, elles et eux. Il y en a eu des centaines, peut-être des milliers. Et tous ces élèves invisibles qui se tortillent sur leur chaise, font plus ou moins leurs devoirs, lèvent la main de temps en temps, se mettent à deux ou trois pour un exposé et tremblent en tenant leur feuille. Ils ont surligné leurs parties respectives en trois couleurs différentes. Oui, ils ou elles se sont défoncés pour cet exposé. Mais à part ce jour-là, cette heure-là, on ne les remarque pas vraiment. Ils ne vous dérangent pas. Ils ont des copains qui ne se font pas remarquer eux non plus. On devine leurs humeurs. Ça va ? Oui m'sieur, ça va. C'est rien. Parfois on croise des mômes qui ne vous voient pas. Vous rendent-ils la monnaie de la pièce ? Ou bien ces années au bahut sont déjà refoulées dans une zone profonde de leur mémoire, il faut bien faire de la place. Et puis, les ados voient surtout les ados dans la rue.

À la fin de l'année pourtant, deux ou trois s'approchent du bureau pour vous dire merci, bonne continuation monsieur.

– Oui toi aussi. Alors, tu vas où ?

On les découvre au dernier moment, s'ils veulent bien se laisser découvrir. Ils disent le nom du bahut, guettent votre réaction. Ou disent : Je ne sais pas encore, je verrai. Ils vous disent que l'anglais, ça n'a jamais été leur truc.

– Oh, ben si, pourquoi tu penses ça ? C'était pas mal du tout, tu sais.

On les découvre aussi avec leurs mères aux remises de bulletin. Ils trimbalent le petit frère, la petite sœur. On sent des gens qui s'aiment, des douleurs qui viennent de loin. On voit des gamins au cœur qui saigne depuis un divorce, la maladie d'une grand-mère, de quelqu'un. Ils vous alertent discrètement sur quelque chose qui ne va pas. Il arrive qu'ils vous fassent un petit cadeau, trois fois rien, et ils sourient jusqu'aux oreilles de vous avoir fait plaisir. On regarde la photo sur l'ordi pour être sûrs. Oui c'est ça, c'est elle, c'est lui. Ils partent, un dessin du prof sur le bureau. Ils attendent une réaction, ils vous sourient car ils sont restés à la porte exprès. Ils vous disent que Jason vous a très bien dessiné, vous devriez lui demander de vous montrer…

L'administration nous envoie les bulletins de l'année suivante, seconde générale ou seconde pro. Les profs en sont friands. On se dit qu'on avait raison, bien sûr, si tel gosse passé en seconde en appel se fait défoncer, ou si tel autre qui collectionnait les bonnes notes s'en sort très bien dans son grand lycée. Les profs en parlent encore les années suivantes, quand arrive le tour d'une sœur ou d'un frère. Ah oui ! c'était qui son copain déjà, où il est, lui ? Comme si on ne les avait pas perdus pour toujours, ou comme s'ils ne nous avaient pas lâchés complètement. Ils ont seulement grandi.

On doit encore rôder quelque part dans leur tête. Ils ont mis tous leurs profs en classe ensemble, de la primaire à la fin des cours pour eux, si ça se trouve. Dès qu'ils sortent du bahut, certains nous ont rangés dans leur grenier, sous la poussière, avec tous les vieux machins d'une vie. En général, on n'en sort pas. Ou alors bien plus tard, quand pas mal de pages ont déjà été tournées, pas mal de chapitres écrits.

C'est mieux comme ça.

* *

*

Ces élèves invisibles ne sont pas forcément ceux qui rempliront plus tard les métros, les files d'attente, tous ces lieux anonymes... Parfois, on les retrouve dans ces circonstances imprévues. Lui il est venu à ma rencontre, avec un sourire un peu timide et maladroit, sous ses cheveux frisés. Je me rappelais son regard, rien d'autre. Il venait de Bondy, le S, le grand immeuble qui tourne le dos à l'autoroute A3, rue du Potager. Là il marchait sur le boulevard Diderot, près du bahut.

– Bonjour monsieur, son petit sourire en coin ne m'a rien rappelé sur le coup.

J'avais beau essayer, de lui je ne reconnaissais que ses yeux grands ouverts directement sur moi et, parfois, faut être honnête, dirigés sur la fenêtre vers la cour de la cité scolaire Jean-Renoir. Il devait quémander une sorte d'attention que je ne lui avais pas donnée, c'était trop tard maintenant.

– Vous ne vous souvenez pas m'sieur ?

– Si ! ça y est, ça fait une paye. Comment vas-tu ?

– Bien, merci.

Il avait une franche poignée de main, un peu forcée, rapport à son gabarit. Ça m'a surpris, ce geste, parce que d'ordinaire les anciens élèves ne font pas ça. Ils attendent, ne prennent pas l'initiative, sauf à la fin, s'ils sont contents de vous planter sur le trottoir et de continuer leur vie. Il datait du début des années 2000, ce garçon-là. Maintenant il était réceptionniste, second concierge même, dans un grand hôtel ; il parlait portugais, espagnol, des bribes d'anglais. Il m'a vraiment dit bribes, c'est pour ça que je me rappelle. Il était content de sortir ce mot. Il travaillait dans le grand hôtel près du parc de Bercy. Ah c'est bien, j'ai dit.

– Oui, il a répondu. Ça me plaît.

Puis il a mis les mains dans ses poches, en me souriant avec un genre d'ironie, mais ce n'était sans doute pas fait exprès. On était en avril. Il faisait beau. Je ne sais plus l'année, je lui ai dit, excuse-moi.

– C'est normal, depuis le temps que vous faites ça.

– Et ça va bien alors, ta vie, encore au Potager ?

– Non.

Toujours les deux mains dans les poches. Non, il en avait soupé toute son enfance, du Potager. Il vivait dans un petit studio à Paris. C'était petit, mais il se sentait libre ici, ça lui faisait plaisir, c'était proche de son boulot. Il y avait quelque chose de vraiment dur dans son regard, dans son sourire, dans sa voix. Il en était dégoûté, de cette grande barre où il avait passé son enfance, rue du Potager.

Cette barre, on la voit bien avec ses petites fenêtres de la A3, avant la sortie pour Bondy. Le bâtiment est immense, les fenêtres du côté de l'autoroute minuscules. On pense à des cages à lapins, comme on disait avant. À quoi d'autre pourrait-on penser ? On l'appelle le S à cause de sa forme vaguement étirée. Il avait passé ses années de collège et de lycée à rester chez lui, à ne sortir que lorsqu'il ne pouvait pas faire autrement pour traverser le Potager et se rendre en cours. Il avait peur des autres, des grands près des cages d'escaliers, des fouteurs de merde, des enfants d'immigrés.

– Oh, vrai ? je lui ai dit. Pourtant, tu as grandi en même temps qu'eux, au même endroit…

Il a seulement hoché la tête que oui. Il s'était fait taper dessus, et puis ils faisaient beaucoup de bruit le soir, ses parents, avant de se séparer, les engueulaient et c'est lui qui payait l'addition… Je n'ai pas su quoi dire. Il me demandait quelque chose, mais quoi exactement ?

– Tu vas travailler, là ?

– Oui. Mais j'ai le temps.

– Tu vas par-là ?

Il a hoché la tête, regardant vers le croisement avec ce drôle de sourire. Moi aussi. On a marché ensemble vers la gare de Lyon, ensuite il tournerait rue de Bercy et je continuerais mon chemin à moi, lui le sien à lui. Il marchait les mains dans les poches, il portait une veste d'été, ouverte sur une chemise blanche, à trois boutons. Il aimait bien venir à pied de sa chambre dans le XXe.

– Alors, tu ne vas plus à Bondy ?

– Si, mes parents vivent là-bas.

Enfin, sa mère... Son père était parti.

– Tu revois d'autres élèves ?

Il en croisait encore parfois quand il allait rendre visite à sa mère. Pas très souvent à cause de ses horaires décalés, et des siens à elle, aide-soignante à Jean-Verdier.

– Ils disent qu'on est racistes, il m'a sorti ça comme ça, mais c'est pas nous, c'est eux...

Il a haussé les épaules. Il avait encore de la haine, de la peur en lui, j'ai senti. Et puis il a souri.

– Je vois encore Hakim Bosul, vous vous rappelez de Hakim Bosul ? Un grand, avec une cicatrice au-dessus du sourcil ?

Il m'a montré le même endroit sur son front. Lui aussi, il avait la même cicatrice. C'était un signe. Même jour même heure. Même hôpital.

– Non, je ne vois pas.

– C'est normal, vous en avez trop vu, vous pouvez pas tout vous rappeler.

En tout cas, Hakim, comme lui, avait quitté le S. Il vivait à Romainville, travaillait dans l'immobilier à Paris. Il y avait une certaine fierté dans sa voix lorsqu'il parlait de Hakim. Ils se voyaient certains dimanches. Ils allaient aux matches ou jouaient à la Play en souvenir du bon vieux temps.

– C'est bien…

Je n'ai pas osé demander s'il voyait quelqu'un d'autre, mais en fait, je ne crois pas.

On est passé ensemble devant la gare. Il a regardé, sans sortir les mains des poches, vers la rangée des taxis en attente. Il y en avait plein à cette heure. Il me ferait signe s'il me voyait une autre fois.

– Faites attention à vous, m'sieur.

– Oui, merci, bonne continuation…

– *Yes sir,* vous aussi !

Il s'est gentiment moqué.

Cette rencontre venue de nulle part m'a laissé un drôle de goût, ce qu'il m'avait dit sur le S, ses copains du Potager… C'était avant que je sois muté à Paris. Je dois raconter le S aussi, je le ferai plus tard. Après tout, on a tous été élèves quelque part… J'imagine qu'il bosse encore dans ce grand hôtel à Bercy, où il m'a dit qu'il avait monté les bagages de stars de la chanson et du cinéma et expliqué fièrement qu'ils se partageaient de gros pourboires, égalitairement.

Je l'ai perdu des yeux qui montait vers la gare, vite fait. En quelle année ?

Au début ça me faisait un peu peur, j'oublie les prénoms pendant les vacances. Puis, au premier jour de classe, à la rentrée, ils me reviennent. Pas tous évidemment. Mais pour certains, rien à faire. Les collègues qui voient les mômes une heure par semaine ont un nombre énorme de patronymes à mémoriser. Ça n'a jamais été mon fort, les noms. Je mélange aussi les numéros des classes, et ne sais pas si une telle est dans la 5e 1 ou la 5e 2, la 3e 4 ou 3. C'est inquiétant à force. Je dois être fatigué. Mais je me rappelle bien de choses qu'ils ont dites, en anglais ou pas, de mains levées très haut, impatientes, ou de regards par les fenêtres, quand il y a des nuages, de la pluie, aux premiers jours du printemps, la saison préférée des élèves et des profs. Et des autres personnes aussi, à ce qu'on nous dit.

* *
*

À Reuilly, je ne sortais plus de ma salle. C'est tellement bruyant que les intervenants extérieurs, au début, se demandent s'il s'agit d'une échauffourée, d'une révolution, d'un attentat ou d'un essai de sonorisation pour un spectacle son et lumière sur les émeutes. Certains se déplacent en se bouchant les oreilles. Moi, j'ai des acouphènes constants. D'ailleurs, quelques profs d'ici veulent changer de bahut pour cette raison. Les bâtiments sont mal construits.

Il y a les vieux beaux bahuts comme Voltaire, ou les lycées des centres-villes. J'ai passé trois ans à faire cours dans des contreplaqués au milieu de la cour de la cité scolaire Jean-Renoir à Bondy. Je me souviens que, dans une rencontre d'écrivains, Robert Bober disait aux huiles du rectorat à quel point ce nouveau lycée dans le nord le choquait.

– Y a pas de verdure ! Y a pas d'arbres ! Où voulez-vous que les gamins s'amusent ? C'est n'importe quoi !

Les huiles étaient outrées. Elles lui disaient qu'ils le trouvaient très bien, tout avait été très bien étudié. Robert insistait, en vain. Lui, en tout cas, il ne se serait pas vu gamin dans un bahut comme ça.

Ici, les fenêtres laissent passer le froid et la chaleur. Le bahut est à côté d'une grande école primaire où les récréations sont en décalé, il y a un boucan énorme si on laisse les fenêtres ouvertes.

Les rideaux pour les baies vitrées sont sales. Dans les couloirs les mômes braillent et on manque de surveillants pour les calmer. Marianne a transformé sa salle en petit havre de paix britannique, avec des dessins, des posters, des objets qui rappellent les pays anglophones. Une jolie salle de prof d'anglais. La 313. Une année où j'avais dû prendre de bonnes résolutions, je l'avais décorée avec des posters de Chaplin, de Beckett, et des reproductions de grandes photos de Jay Maisel, Dorothea Lange. En avril, tout avait disparu. Alors bon.

Victoire ! J'ai cette année la salle la moins bruyante après avoir eu l'une des pires pendant vingt ans. On ne m'a pas fait ce cadeau pour rien, j'entends dorénavant très mal et j'ai le statut de travailleur handicapé. Pour un prof d'anglais, ça le fait pas de rentrer dans le silence blanc.

J'ai eu deux profs comme ça, avec des appareils auditifs, quand j'étais moi-même au collège. Ils avaient en commun, dans ma vision d'enfant, une sorte de regard haineux posé sur nous, tous ces mômes qui font des bruits stridents sans le savoir. Il était évident que sister Mary, une Irlandaise, nous détestait. Comme elle avait des bouffées de chaleur, on se caillait chaque hiver, fenêtres grandes ouvertes pendant ses cours, elle l'avait décidé. L'autre prof, un civil celui-là, était vieux, aussi vieux que moi aujourd'hui, sinon pire ! Il portait une blouse blanche, s'asseyait bien au fond de son siège et longtemps, longtemps, longtemps, regardait le mur d'en face. Il n'y avait pas de posters, pas de reproductions, juste le granulé d'un mur. Il nous épuisait de son silence à lui. La fureur le prenait plus tard, à brûle-pourpoint. (Tiens, comment on dirait « à brûle-pourpoint » en anglais ?) Il nous emmenait souvent au bout d'un long couloir, dans le « labo de langues ». Il se calait bien au fond de sa chaise sur son estrade. Il regardait longtemps le mur, longtemps, passait des cassettes avec des fiches à remplir, des phrases à répéter, exactement comme aujourd'hui, avec des tablettes, dans la salle informatique. On avait nos casques, chaque môme dans son petit box, un panneau en liège nous séparait pour nous empêcher de tricher, de bavarder.

Au bahut, on a un seul jeu de tablettes. Un des profs a tendance à considérer qu'elles sont réservées pour ses cours à lui. Moi, je suis toujours en retard pour mettre mon nom quelque part, pour réserver.

Il avait l'air de souffrir sans vouloir le montrer ni le cacher. Il était franchement alcoolique à la mode britannique, parfois il sortait une fiole de sa poche, en cachette, mais pas bien cachée, juste une rasade en regardant le mur derrière lui. Dans le labo, il farfouillait dans ses boutons, et il pouvait écouter tel ou tel sans que l'élève soit au courant. Il lui arrivait de quitter le mur pour regarder le gosse coupable de n'avoir rien fait, ou de dire n'importe quoi, de répéter qu'est-ce qu'on se fait chier aujourd'hui, au lieu de dire *it's raining a lot isn't it?* ou je ne sais quoi.

Il nous a fait apprendre par cœur les discours de Martin Luther King, *I have a dream* et *Tired of waiting*, mon préféré. Aujourd'hui, les profs d'anglais font étudier aux mômes le discours d'investiture de Barack Obama, c'est la même, en plus publicitaire, en plus rusé. C'est le même en moins profond, il me semble, en moins vrai. Il nous avait fait lire et traduire des entretiens de James Baldwin et, à pas mal d'entre nous, il avait fait comprendre que prof d'anglais était pour lui le pire métier du monde.

Aujourd'hui il se ferait allumer par l'inspection. Il adorait James Baldwin. Il regardait le mur. J'ai dû me jurer que je ne lui ressemblerai jamais. Oui, il regardait le mur en face. Je ne sais pas ce qu'il voyait sur le mur.

Il faut que je me repose cette semaine, avant de recommencer l'année. Dans la 211 je vais décorer les murs à la rentrée. Les mômes, ils vont sans doute aimer faire ça. On verra.

VI

C'est quand même quelque chose de particulier de naître par ici et d'habiter dans un grand immeuble comme le S. Le bâtiment a dû être ravalé plusieurs fois mais c'est comme si ça ne servait à rien, coincé qu'il est entre l'autoroute A3 et la rue qui mène au bahut, juste en face. Il faudrait presque recommencer à peine les travaux terminés. Le gris finit toujours par revenir et par gagner. Autour, il reste des pavillons et, plus loin, de nouveaux immeubles de six étages pour améliorer la vie, faire comme un centre-ville : un endroit plus cosy. Devant le S, il y a une sorte d'aire de jeux aménagée où tout est tombé en désuétude, les mères n'emmènent pas les gamins jouer sur le toboggan, elles ne veulent pas se risquer au bac à sable, les gens y promènent leurs chiens. De l'autre côté, vers l'autoroute, en face, ce sont de minuscules fenêtres, celles des chambres. On ne peut pas les ouvrir… Le S est comme un monde en vrac, un monde qui menace de partout mais tient ensemble. À chaque porte d'entrée, un groupe qui traîne. Les plus jeunes là-dedans, on les a en classe juste en face, à deux minutes à pied. Souvent il y a ce genre d'immeuble difficile dans un quartier, un bahut au milieu. Au lycée, les élèves viennent d'autres quartiers, d'autres communes, Aulnay ou Pavillons-sous-Bois, Clichy-sous-Bois, les gosses du neuf-trois comme on dit.

Il n'y a pas de mode d'emploi pour vivre ici. Tout est trop grand, ou trop petit ou pas bien aménagé, une famille n'en croise pas facilement une autre, les gens ne se connaissent pas, sauf par les enfants qui se fréquentent à l'école. Les gosses, ce sont des amitiés qui commencent dans les cages d'escaliers. Pour les parents c'est bonjour-bonsoir, ou des menus échanges, ou des coups de balai sur le plafond ou dans la partie du mur située au-dessus de la douche, où le son circule plus qu'ailleurs. Si on pouvait demander des choses à des morts, j'aimerais demander à Perec comment il s'y prendrait pour parler d'un immeuble comme le S, ou le 107 à Reuilly, près du bahut où je travaille aujourd'hui. Il n'y a pas de vieil original au septième étage. Pas de princesse à la fenêtre du 10 ter. Il y a sans doute des familles aimantes mais on ne sait pas où elles vivent. Toutes les langues sont parlées mais aucune n'est enseignée au bahut. À proximité, l'autoroute du Nord, la nationale 3 et, sous le tunnel, une caravane où les philosophes habitent. Les philosophes, ce sont ces types qui passent leur vie là-dessous, à parler de tout et de rien, des petits délits çà et là, des maladies des gens, des camions, des excès de vitesse, des larcins ou des magasins de la zone, en buvant des bières au goulot. Sous l'embranchement, une camionnette-buvette avec des sandwiches pas plus mauvais qu'ailleurs, en somme. Je suis arrivé là par hasard. C'était quand même loin de chez moi. J'avais fait une année à Bonneuil-sur-Marne, par le bus après le dernier arrêt de la ligne 8, à Créteil. Là, je me suis dit tout de suite que c'était loin… Je suis resté neuf ans dans cet endroit.

Un mouvement de grève était à l'ordre du jour à la rentrée. On n'avait pas d'infirmière, ni d'assistante sociale, on n'avait pas le minimum vital pour commencer. Il y a plus de mille élèves dans ce bahut. Au début, je me suis sans doute demandé pourquoi on devait faire grève pour avoir une infirmière, une assistante sociale, ou pour qu'un prof soit nommé, surtout que les journées de grève sont décomptées du salaire. Mais c'est comme ça que ça se passe ici, en tout cas.

Nous étions très nombreux. On a bu le kir dans la cour. On a mangé les chips, goûté les tartes aux poireaux, les cakes et les quiches lorraines, l'assortiment de fromages. Les profs avaient aussi fait des gâteaux. On n'a pas bu de vin car à la rentrée, c'est seulement l'apéro. Je me souviens avoir regardé autour de moi. Le S ne paraît pas trop inquiétant quand il fait beau, et il faisait vraiment beau... On a montré aux nouveaux les bâtiments, ici l'administration, là les classes pour le collège, là l'étage du lycée et des BTS.

Le proviseur, je l'avais déjà croisé dans une autre vie, à Saint-Cloud, au lycée Florent-Schmitt. Je vendais des confiseries et des annales du bac et du brevet, la presse, juste en face de ce lycée. C'était un type bien, poli, discret. Il ne m'a pas retrouvé dans ses souvenirs. Il avait un grand bureau, comme toujours dans les bahuts, pour le proviseur ou la, le principal.

Les syndicats se sont présentés tour à tour. J'ai cotisé assez souvent, sans savoir exactement pourquoi. Et on nous a distribué les emplois du temps. Les profs font parfois des syncopes quand ils les reçoivent. Puis ils vont regarder celui de leur collègue préféré. Hé, c'est pas mal le tien. Oui, et le tien, montre! Ouais, ou non, ça va, ou alors ça va pas du tout. Les plus aguerris prennent un crayon papier et essaient des combinaisons si jamais tel ou tel collègue en est d'accord. Il faudrait que Machine accepte de les passer à 15 heures, ou que Machin veuille bien prendre les STII ou STG à ma place. Tout ceci ne va pas sans de solides inimitiés, qui durent parfois des années, en attendant la mutation. En général, les mercredis matin sont réservés aux mères. Les lundis et vendredis sont très convoités. Un vendredi après-midi travaillé vaut un autre jour complet, à mon avis, et j'ai presque toujours travaillé les vendredis. Je me débrouille bien mal. Je ne sais pas jouer des coudes. Ça m'angoisse. Dans ce lycée, on avait cours le samedi matin. J'aimais bien les samedis matin.

À cette première rentrée, des gens m'avaient pris à part pour me demander des nouvelles, savoir qui j'étais, genre célibataire, marié, dispo ? Combien d'enfants ? certifié ou agrégé ? propriétaire ? C'est assez surprenant sur le coup. Ensuite, on s'habitue, et puis un jour en fait ça se termine, plus personne ne songe à vous demander quoi que ce soit.

La principale était vraiment souriante, dans un milieu pas trop porté sur la douceur. Elle revenait de congé maladie, une grave dépression suite à son divorce. Elle m'avait reçu dans son grand bureau au rez-de-chaussée, sous le préau. C'était bruyant. Elle prenait son temps pour bavarder, s'intéressait aux élèves, à ses collègues. Je regardais ses yeux clairs, entre le bleu et le gris.

– Je crois, voyez-vous, qu'on ne peut pas faire ce métier à moitié. Nous sommes le seul rempart contre cette barbarie, monsieur Fabre. Il ne faut pas renoncer, en aucun cas nous ne pouvons abandonner notre mission… On y arrive, à force de persévérance, au milieu de l'hostilité… Nous devons ouvrir les portes… Former les femmes et les hommes de demain, les citoyens, monsieur Fabre !

Elle avait une voix douce. Parfois elle s'interrompait avec un regard flou, un sourire qui s'efface. Elle devait croiser ses démons dans le bureau du rez-de-chaussée. J'aimais bien l'écouter, elle avait la foi, on aurait dit. Elle était jolie avec ses tailleurs bien coupés, des gris, et des chemisiers clairs à rayures. À un moment, elle a dû sortir parce que des gosses tapaient sur le mur avec les ballons de foot. Elle est revenue illico avec deux ballons, un sous chaque bras. On a éclaté de rire en même temps.

– Confisqué ! Mais je parle, je m'égare… Où en étions-nous ? C'est tellement important d'échanger sur notre mission commune. Ah oui, vous vouliez me dire quelque chose ?

– Euh… J'ai oublié…

– Vraiment monsieur Fabre ? Bon, j'ai du travail. Repassez me voir quand ça vous reviendra…

– …

– Bonjour madame, je vous dérange ?

– Oui, vous arrivez au pire moment… Je suis absolument débordée… C'est pour quoi ?

– Ali-Reza en quatrième, je repasserai.

– Ah oui, c'est vrai ! Asseyez-vous, je m'inquiète également…

Oui elle était vraiment sympa. Elle devait prendre des cachets genre Xanax et Temesta. Ses yeux clairs, son regard un peu voilé, son sourire un peu absent. Elle faisait partie de ces personnes dévouées à l'éducation nationale qui entraient là-dedans pour toujours, on appelle ça une vocation. Quand elle est partie, je l'ai vraiment regrettée. Les mômes étaient assez rudes en général, moins nombreux par classe qu'à Paris. On était en zone violence, mais pas prioritaire. Les profs et d'autres gens font remarquer avec une certaine gourmandise les nationalités représentées dans telle ou telle commune de banlieue. Vingt, trente, quarante ? Parmi elles, les mômes du Potager étaient ensemble depuis l'école primaire. Je me souviens aussi d'un arrivage régulier des filles et fils de gendarmes mutés tous les trois ans, souvent complètement perdus, le temps de comprendre où ils étaient ...

Et puis, les bagarres. J'ai toujours eu du mal avec les bagarres. Mon cœur voudrait se décrocher quand il s'agit de s'en mêler. Oui, on avait des gamins difficiles là-bas, au collège à Bondy. Les collègues se « tenaient les coudes ». On entend souvent dire qu'ici on se tient les coudes, on travaille en équipe. Je ne sais pas exactement de quels coudes il s'agit. Drôle d'équipe...

À Bondy c'étaient encore des profs d'une autre époque. Ils regardaient le S en se disant qu'ils allaient le redresser, sinon le bâtiment, du moins leurs mômes, en leur donnant une chance... Je me souviens des quêtes pour les parents des enfants quasi à la rue. Marie-Françoise, une agrégée d'anglais, mettait un brassard pour les grèves, elle voulait être décomptée, mais continuait de bosser parce qu'elle ne voulait pas laisser les petits de sixième « à l'abandon ». Les femmes de cadres se démenaient pour trouver des stages aux élèves. Les chefs d'établissement vous disent parfois qu'ils comprennent bien la grève et ses raisons, mais qu'eux ils ne se verraient pas laisser des enfants de sixième à la baille sans rien faire… Les petits malins, où leur apprend-on à dire ça ? Gérard s'occupe de l'aide aux sans-papiers, accompagne des mineurs isolés à la préfecture de Bobigny. Des enseignantes depuis longtemps ici n'hésitent pas à monter dans les étages du S pour résoudre un souci concernant tel ou tel élève. D'ailleurs une enseignante y vit, dans le S, avec ses deux enfants. Elles organisent des collectes. En avril les expulsions ont lieu. On avait des gamins sans papiers. Je n'ai rien oublié de tout cela, ni de l'autoroute A3 sous la neige pendant les grandes grèves des transports, des coups de fil tôt le matin, dès la deuxième année, quand je n'arrivais plus à me lever.

Il a des cheveux très courts. Les yeux en éveil, il passe sa main plusieurs fois sur son crâne et il s'assied, les pieds de part et d'autre de la chaise, il écoute sans déranger. Il porte toujours le même blouson, il ne répond pas aux questions. Il arrive toujours juste au moment où on va fermer la porte de la classe. Il ne bavarde pas. Il ne se dispute pas. Il est seulement là. Il regarde les murs, il regarde par la fenêtre. Il passe à l'ancienneté si on peut dire, fait partie de ces élèves qui résistent aux bons traitements, aux conseils, aux punitions. Il est là sans être là. Il a du mal avec la vie. Il me fait penser aux gosses gitans qu'il y avait dans mon école, à la montagne, quand j'étais petit. Poli, mais de passage. Prêt à partir, à changer de chemin. Quand il parle, il a une voix très basse, un sourire rare, des yeux qui voient tout. Il regarde son livre comme s'il venait de le découvrir. Souvent, il ne sait pas où il est. Vers le printemps, il arrive un peu plus dépenaillé, de la paille dans les cheveux. Il dort les bras croisés sur le bureau.

Un jour, dans une embrouille, il a sorti un cran d'arrêt dans la cour. Conseil de discipline. On connaît le fin mot de l'histoire pour expliquer la fatigue, la paille dans les cheveux, les habits sales, le cran d'arrêt. Il a acheté un pitbull qui a déchiqueté le canapé acheté à crédit par ses parents dans l'appartement du S. Ils l'ont mis à la porte, c'est ton chien ou toi. C'est mon chien.

Il a dormi dans les cages d'escaliers. Il a dormi chez Seb, le fils du médecin de la rue des maisons près du Potager, au fond de son jardin, dans l'appentis près de la niche. Seb n'en a pas parlé à ses parents. Il a été nourri par ses copines de la classe, par ses copains du Potager. Ce n'est pas loin. Il a un petit casier, déjà, à cause de diverses rapines. Et l'histoire du cran d'arrêt.

– Il est gentil, Aziz, m'sieur, il est gentil.

– Oui, je sais.

– Ben si vous savez, pourquoi on lui donne pas sa chance une autre fois ?

Quand je le croise, il vient vers moi et il me tend la main comme pour me dire qu'il ne m'en veut pas, ni à aucun autre prof. Il n'a jamais su être élève. Il parle à voix très basse. C'est un gosse des rues. Il parle peu. Il a besoin de son chien pour se sentir aimé, pour aimer à son tour.

J'ai perdu sa trace rapidement. Il est sans doute dans un foyer du coin, quelque part…

* *
*

La principale à la voix qui berce est partie. Comme sa fille, jeune prof de lettres en stage, partie elle aussi. Je sais peu de choses sur elle. Un divorce difficile, sa passion pour la danse, sa manière de s'interrompre au bout d'une phrase, et puis de revenir vers vous, en souriant… Elle est remplacée par un sale type. Lui ce n'est pas du tout le même genre. Il ne parle pas de sa mission, il ne veut pas sauver les gosses du Potager.

Ancien prof d'anglais, il a peut-être quatre ou cinq ans de plus que moi. Il s'habille en costume mais branché, le genre noir déstructuré, cravate étroite, le costume qui se moque un peu des costumes, si vous voyez. Pour mon malheur, j'ai publié un livre à ce moment-là dont on a parlé dans la presse. Il me convoque avec le roman dans la main.

– Ah Fabre... Dis donc, tu te la pètes, il me dit ça comme ça d'une voix forte. C'est ton tour mais l'année prochaine, ça sera quelqu'un d'autre.

Je dis oui, évidemment, sans trop comprendre où il veut en venir.

– Retourne en classe, Fabre.

Il m'appelle par mon nom, Fabre. Une fois ou deux, j'ai la tentation de lui dire monsieur Fabre, s'il vous plaît. Je me doute qu'il n'attend que ça. Seigneur, je suis né fatigué. Je mourrai fatigué. Et le morne est bien haut qui mène à leur école, Seigneur, je ne veux plus aller à leur école ! Il a une cote d'enfer auprès de certains profs, ça m'a toujours étonné. Les profs ont besoin d'admirer les chefs d'établissement, au début du moins. Puis en général ça va moins bien, avant de ne plus aller du tout.

Il installe le grand écran dans la salle vidéo pour qu'ils regardent les matchs de foot, le soir, ensemble. Les enseignants viennent à 18 heures, c'est l'ambiance bière pizza, on dirait que ça leur plaît. Il a la main baladeuse, quelques jeunes enseignantes se plaignent, sans oser aller plus loin. Il vaut mieux aller le voir à plusieurs, éviter de se retrouver dans son bureau fermé. Les anciens profs quittent peu à peu le bateau ivre, ne viennent plus au collège s'ils peuvent l'éviter ; ça devient trop dur avec les années. J'appelle parfois le matin, quand je suis trop fatigué. Bientôt j'ai des crises d'angoisse dans les transports en commun, des cauchemars dans le PC. Parfois, Muriel ou quelqu'un d'autre me récupère porte de Bagnolet, en voiture. Avec certains collègues on écoute du rock à fond et, avec Muriel, de la musique classique. On parle peu des élèves. Le soir, je m'enferme dans la cuisine pour faire à manger. J'entends mes enfants rire devant les dessins animés. Ils voudraient seulement qu'on joue, je ne peux pas. Je m'en veux de leur faire défaut. Au bout d'un moment je sens des vagues de colère qui refluent. Cette nuit, elles vont me réveiller. Je ne dors pas la nuit. Je tiens, mais pour combien de temps ?

La CPE vient d'une famille vietnamienne, elle est avec un prof de sport qui, grâce à son soutien, fait des études de médecine tout en travaillant à temps partiel. Il réussit. Il voulait faire ça de sa vie. Elle le soutient jusqu'au bout. Ils ont un pavillon dans une commune des environs, à crédit, une voiture break familiale et deux enfants en bas âge. Elle est menue et paraît frêle dans ses pulls en mohair et ses pantalons de cuir. Il ne faut pas s'y fier.

Pour moi, ça se passe de plus en plus mal. Je veux rentrer chez moi parfois au milieu de la journée. J'ai dû confisquer sur ordre du sale type des répliques de pistolets, c'est la mode cette année-là : même allure, même poids, pour jouer à la guerre ou à la mafia. On doit fouiller les sacs à dos des gosses, posés dans la rangée entre les tables. Je suis tombé sur un vrai, dans le sac de Jérôme, qui a emprunté celui de son cousin car ses parents ne voulaient pas lui acheter la réplique. Le gosse ne voulait pas me le tendre. Il ne savait pas s'il était chargé.

– Fabre, Fabre! signe-moi ça…

Le sale type en profite pour me faire signer une note administrative qu'il a baissée à cause de ça.

– Tu as cours là non?

– Oh… ça va... c'est bon là...

Je veux qu'on me laisse tranquille.

Il y a de bons moments pourtant.

Dans une classe, il se passe quelque chose de rare, ils sont tous autour de Marjolaine, c'est elle la chef de classe, sans le vouloir. Les autres gosses l'ont décidé comme ça; elle a de bonnes notes bien sûr mais ce n'est pas ce qui la rend respectable à leurs yeux. Ils lui demandent plein de choses. Parfois, elle se dévoue pour lever la main quand les autres sèchent.

– M'sieur, je peux ?

Elle me montre le cahier de tel ou tel et se déplace pour lui expliquer, pour l'aider. Ils veulent tous se faire aider par Marjolaine. Elle apprend la guitare et la danse au conservatoire. Elle porte des habits de couleur vive. Elle se dévoue pour demander au nom de la classe un goûter avant les vacances, un film à Paris un de ces jours.

Il y a de grandes bouffées de tristesse aussi, je vais rôder plutôt que de rentrer chez moi. Parfois j'arrive trop tard pour récupérer mon fils à la primaire. Je vais traîner à la gare Saint-Lazare, où je n'ai jamais été malheureux longtemps. Je rêve de voyages lointains, de retourner vivre aux États-Unis.

Je disparaîtrai d'ici, ils finiront par m'oublier. J'irai passer mes journées à la bibliothèque de Santa Monica, comme avant, et quand j'aurai envie de promenade je prendrai le bus entre les deux Hollywood, celui de Californie et l'autre en Floride. Je rêve de me cacher dans une chambre, quelque part sur le boulevard des Maréchaux, et de recommencer ma vie sans même me reconnaître. Je rêve trop et sans doute qu'il est trop tard. Je ne suis pas le seul dans cet état, je m'en rends compte même si ça ne m'aide en rien.

Elle vient d'Argentine, longs cheveux noirs, lèvres rouge sang. Elle parle un français choisi, je ne la vois pas souvent sans un livre dans son panier d'osier. Elle se fait déborder dans les classes de lycée, elle ne comprend pas pourquoi, elle ne comprend pas ce qui se passe par ici. On lui donne des conseils. L'inspectrice débarque, puis repart. Il y a bien une formation pour... Toujours le mot magique, formation. Elle se fait insulter par des élèves qui n'alignent pas trois mots.

Elle est bien plus fatiguée que moi.

Elle ne réalise pas que son pays de cœur vu d'Argentine n'a rien à voir avec celui-ci, sous ses yeux, entre le S et les pavillons du quartier. Elle ne comprend pas le manque de respect, l'agressivité, les insultes. Elle se met à pleurer aux interclasses, à la récré de 10 heures. Dans la salle non-fumeurs où elle attend, une petite flaque d'indifférence grandit autour d'elle. Elle pose son sac sur la grande table, elle ne se maquille plus. Dorénavant, elle répond à peine aux bonjours ou aux rares tentatives de lier conversation, elle regarde la table. À

10 heures 10, elle pleure, sans bruit. L'après-midi à 15 heures 15. Personne n'ose lui dire de rentrer chez elle, de ne pas descendre plus bas… On ne la reverra plus. Elle est repartie.

Il y en a eu d'autres, évidemment.

Il y en a eu beaucoup d'autres.

* *
*

On va à Paris, c'est décidé. Avec les 5e D !

– Sans blague, les 5e D ?

Un prof hausse les épaules et nous souhaite bon courage avec un grand sourire. De Bondy à Paris, ce n'est pas loin. Pourtant certains élèves ne se souviennent pas d'être jamais allés à Paris. Pour eux, Paris c'est loin, six kilomètres à vol d'oiseau mais ça existe bien moins que d'autres endroits. Moins que le bled pour les plus chanceux en été, le centre aéré et bien moins que le centre commercial de Rosny 2, le samedi. La prof que j'accompagne veut leur faire découvrir le Paris historique, la Saint-Chapelle, Notre-Dame ; on prend le bus et le métro. Au début tout va bien. Ils sont un peu intimidés jusqu'au métro. On marche en rangs pas très serrés dans la grande ville. Les quatrièmes regardent les boutiques de fringues sur le boulevard Saint-Michel, les filles voudraient y rentrer. Place de la Sorbonne, Houria veut prendre une photo. C'est là qu'elle ira si elle peut. Les garçons dévisagent ceux qu'ils croisent, qui ont à peu près leur âge. On avance ! Houria à côté des profs avec un keffieh et une veste militaire. Elle est brillante, a de très bonnes notes et lit des livres. Elle veut être enseignante. Elle marche à côté de moi.

– Ça va Houria ?

Elle regarde autour d'elle sans répondre.

– Vous connaissez des gens qui habitent ici ?

– À Paris ? Oui, pas ici, mais ailleurs.

Elle lève les yeux. Insulte en arabe un gamin qui lui a marché sur les pieds.

– C'est riche, ils sont blindés par ici.

Houria n'a pas l'air de bien aller du tout…

– Je veux rentrer m'sieur. Je me sens rejetée par ici.

– Mais non, pourquoi te sens-tu rejetée ? je lui demande en dépit du bon sens… On va visiter Notre-Dame, on rentrera plus tard.

La collègue a préparé la visite elle-même pour réduire les frais. On a eu des tickets de métro auprès du fonds social, mais le coût des visites ne peut pas être pris en charge. On a prévu sans doute trop de choses : les mômes se mettent à courir partout à Notre-Dame, parmi les touristes… Aux cierges, c'est la folie ; ils en allument des dizaines, même les énormes, ceux qui valent pas mal d'argent.

– Arrêtez ! Un peu de respect, c'est pour honorer les morts !

– Ben nous aussi on a nos morts !

Je ne sais pas quoi répondre, sur le coup. J'arrache le cierge des mains du môme. Des types de la sécurité s'approchent. Un prêtre en chasuble grise fonce vers le gamin.

Des personnes viennent nous aider à les faire sortir sous le regard des touristes ébahis. On doit écourter la visite de l'île de la Cité. À cause de cette histoire de cierges qu'ils ont dévalisés, on n'ose pas les faire passer par le marché aux fleurs. Certains seront punis. On retourne à Bondy. Les mômes sont mécontents. On n'a pas fait la pause dans un jardin public, ils n'ont pas eu le temps de s'acheter des choses. Même pas à la boulangerie ! Ils en parlent ensemble.

– C'est trop des riches à Paris. Ils nous aiment pas, m'sieur.

– Houria, pourquoi tu penses ça ?

– Ben si, les autres le disent aussi. Ils nous calculent pas ! Je veux rentrer, je me sens rejetée m'sieur ! m'sieur.

– Mais non, je ne comprends pas.

– Pas vous m'sieur, mais là-bas, à Paris, ils sont racistes !

* *
*

– Bon, on va faire de l'anglais !

– Encore de l'anglais !

Les élèves soupirent.

– Mais oui ! oui, on va lui faire plaisir ! Comme ça il va nous emmener au cinéma !

Cette fois, ils seraient sages, très sages, ils ne piqueraient pas les cierges des églises. Ils voudraient aller à Rosny 2. Ils aiment bien aller là-bas.

– M'sieur, on va aller en Angleterre ?

– Oh oui, en Angleterre !

– Pfouhhh. Pourquoi on irait en Angleterre ? On pourrait aller en Espagne. Ou au Maroc ! Au bled !

– Viva Algeria !

– Il est prof d'anglais, t'es bête ou quoi !

– M'sieur, vous êtes déjà allés en Amérique ?

– Oui…

– On veut aller en Amérique alors. C'est mieux l'Amérique.

– On peut pas aller en Amérique ! C'est trop cher ! Qui c'est qui va nous le payer ?

– Ah, je sais ! euh…

Anouar prépare sa phrase.

– *We gonna go park Astérix!*

– Oui voilà ! On va au parc Astérix !

Les élèves applaudissent Anouar, qui les salue. On n'ira pas en Amérique, on n'ira pas en Angleterre, ni d'ailleurs au parc Astérix, mais oui promis, on ira au cinéma.

– On va voir un film en français m'sieur ?

* *
*

Elle s'appelle Sandy, elle fait partie de ces élèves invisibles qui emplissent les salles des bahuts du monde entier. Elle s'assied toujours au même endroit, en face, à trois rangées, près de sa copine, invisible aussi. Elle a une masse de cheveux noirs bouclés, elle porte des jeans et un pull, un anorak, des chaussures de tennis. Elle a un regard noir et intense, des grands yeux ; je lui mets la moyenne en inventant des points, je me rends compte que je ne connais pas le son de sa voix. Je l'interroge plusieurs fois, elle sourit, regarde désespérée sa copine qui répond n'importe quoi à sa place. Je me rends compte qu'elle a les larmes aux yeux, sans le montrer. Ses grands yeux noirs sous ses cheveux bouclés. Je lui demande de rester à la fin de l'heure. Sandy a peur de moi, je m'en rends compte.

– Tu devrais lever la main, tu sais, demander quand tu ne comprends pas.

Elle ne dit pas une parole ; j'entends les autres dans le couloir qui braillent, dans la cour, qui hurlent, et elle qui ne dit rien.

– Tu te plais ici ?

Les larmes affluent à ses paupières, mais ne tremblent pas. Elle hoche la tête que oui, ou peut-être non. Elle veut seulement s'en aller, elle veut que je lui lâche la grappe. Merci monsieur. Elle court presque à la porte de la classe où sa copine doit l'attendre ; elle ferme la porte lentement, pour ne pas faire de bruit. Les semaines passent, elle regarde le plafond. Elle a les larmes aux yeux. Je crois qu'on arrive au printemps. Elle n'a pas décroché un mot depuis le début de l'année.

– Sandy, à quoi tu penses ? je finis par lui demander bêtement.

– À ma mère, m'sieur.

– Qu'est-ce qu'elle a ta mère ?

Les larmes reviennent à ses cils, elle regarde les autres.

– Un petit cancer, m'sieur.

Tous les gosses se sont arrêtés de parler. Elle replonge la tête dans son cahier, sa copine me regarde, courroucée. Elle fait dix minutes d'effort, avant de se remettre à l'écart, de pleurer avec des larmes qui ne tombent pas des cils, elle tient comme ça depuis deux ans.

Madame El Masri a son fils ici, en classe. Le beau et ombrageux Hakim est la prunelle de ses yeux. Elle fait partie de ces enseignantes qui font tourner la baraque à coups de volontariat, de dévouement. Ils partent les uns après les autres à la retraite. Elles ont aidé à tenir les banlieues pendant pas mal d'années, mais aujourd'hui le S est bien trop grand et les problèmes trop nombreux. Les profs des pavillons font souvent partie de plusieurs associations et donnent volontiers de leur temps pour les autres dans les mairies, les quartiers. Ce sont les mêmes qu'on croise aussi avec un petit air content d'eux et pédagogique sur les sentiers de montagne, l'été, ou à plusieurs dans les musées. Pendant longtemps ces groupes m'auront souvent donné envie de prendre les jambes à mon cou…

Martine la prof d'arts plastiques est conseillère municipale à Montreuil. Le couple de profs d'histoire colle des affiches pour le parti écologiste, organisent des réunions, des formations sur le recyclage, recueillent des dons, vont aux manifestations à Paris, approchent en souriant les jeunes collègues pour tâter le terrain. Ils sont toujours à vélo. Les jeunes collègues amènent un monde qui semble n'arriver ici que par erreur. Les inspecteurs, la direction prennent de plus en plus d'importance. En haut, on a dû leur dire de quitter leur bureau, de montrer qui commande. Avant, les proviseurs, on ne savait même pas qui c'était. Ils étaient là pour aider, pas pour casser. On montait les voir deux fois par an. Celui que j'aime bien a été enfermé dans son bureau sur décision syndicale, pour protester contre je ne sais plus quoi. Lui n'était pas très chaud, bien sûr, il a demandé combien de temps ça allait durer.

Cette année-là on avait eu la visite du ministre au lycée, pour la rentrée, celui qui pensait qu'il fallait « dégraisser le mammouth ». Il est venu serrer des pinces, se faire prendre en photo, parler de ses projets. Mais pour le manque de personnel, les profs non remplacés, rien n'a changé.

Lorsque j'ai reçu ma première paie d'enseignant, j'ai appelé le rectorat pour leur demander s'ils ne s'étaient pas trompés. Mais non, pourquoi ? La dame au bout du fil était surprise. J'avais le statut d'ouvrier qualifié dans la presse, avant d'être enseignant, je gagnais plus, évidemment.

– Vous ne vous êtes pas renseigné ? Pourquoi avez-vous changé ?

L'auteur-compositeur Dominique A. raconte que sa famille vivait sur un unique salaire d'enseignants, celui de son père, et que l'argent n'a jamais fait partie des soucis dont il entendait parler à la maison. Son salaire était suffisant pour se loger, se nourrir et voyager. Plus aujourd'hui. C'est une sacrée différence.

* *
*

J'ai eu mon plus beau cadeau de fin d'année dans ce bahut, un CD. Enfin, pas qu'un. On avait écouté des chansons et ça leur avait plu. Dans cette classe, Antonin, qui avait un retard de croissance, piquait des colères effrayantes. Il devenait rouge cramoisi pour ce qu'il croyait être un regard de travers, et il entrait dans des transes épouvantables, tapant le mur en face de lui, à coups de pied et parfois avec la tête. Personne parmi les profs ne comprenais ce qu'il faisait là, en classe, il aurait dû être « accompagné ». Il avait quinze ans en quatrième. C'était très dur pour lui comme pour nous, profs et élèves. Pendant des mois, Antonin a décidé de nager sur sa chaise, du moins je le lui ai permis. Le ventre sur la chaise il nage, il fait la brasse.

Je suis tellement épuisé de le voir s'épuiser ainsi que je n'ai plus la force d'exiger autre chose de lui.

– Antonin, tu as fini ta longueur ? Tu reviens avec nous ?

Antonin parle avec ce ton toujours fâché et me répond que non, aujourd'hui il sent bien qu'il peut battre son record de longueur. Les autres s'efforcent de ne pas rire, car ça pourrait vite dégénérer.

Il se trouve qu'Antonin joue de la guitare et très bien, avec finesse, il reprend à l'oreille toutes les chansons des Beatles, les tubes de Michael Jackson, mais il préfère le flamenco. Il est concentré lorsqu'il a sa guitare à la main. On passe quelques cours comme ça, une chanson par semaine en plus des cours. Mais tout s'est arrêté quand une prof a voulu la lui faire ranger près de son bureau. Tout ça, m'sieur, à cause de mon retard de croissance ! Il s'est alors remis à nager, de temps en temps, les larmes aux yeux, à deux doigts de piquer une colère…

Des élèves de cette classe viennent vers moi en courant à la fin de l'année. Ils ont l'air stressés.

– Vous avez pas un tournevis, m'sieur ?

– Non, pourquoi ?

– Faut pas vous fâcher m'sieur, hein ?

Ils veulent que je les suive dans un recoin et vont me chercher leur cadeau. Ils ont volé toute une boîte en plastique contenant des CD mais n'ont pas réussi à l'ouvrir, alors ils en ont emporté les vingt.

– Vous voulez lequel, m'sieur ?

– Vous allez les rapporter immédiatement. Vous les avez piqués où ? Vous ne vous rendez pas compte, c'est grave !

– On vous aime bien, m'sieur. Faut pas vous fâcher hein…

– Moi aussi je vous aime bien mais c'est pas une raison !

Ils ont peur du vigile, un grand black qui n'aime pas les rebeus, selon eux.

– Il aime pas qu'on pique dans le magasin, c'est surtout ça non ?

Je les déçois. Mais ils me promettent de retourner tous les CD au petit supermarché et font demi-tour en traînant des pieds, se retournent une dernière fois vers moi. Bien sûr ça aurait été plus simple si j'avais eu un tournevis, ils me l'auraient emprunté et ils auraient choisi pour moi, en souvenir des chansons et de la guitare d'Antonin.

* *
*

Je ne sais pas pourquoi je suis rincé chaque lundi soir. Ce soir, je ne me sentais pas de partir illico. Je suis resté dans ma salle pour corriger des copies, j'avais pas mal de retard. Aujourd'hui, le travail d'enseignant tourne beaucoup autour de l'évaluation. Certains en profitent même pour se donner de l'importance… C'est noté, m'sieur ? Il faut toujours répondre oui. Il s'agit de gagner quelque chose, en bons ou en mauvais points. En tout cas, c'est bien rentré dans la tête des mômes : on doit les évaluer. Dans les bahuts, on est de plus en plus nombreux à noter en compétences, un code couleur, plutôt que des notes entre 0 et 20. La couleur rouge reste la plus terrible, évidemment. Il y a vert et vert foncé, la perfection, et puis jaune, entre les deux… mais bien sûr il faut savoir lire entre les lignes, ici comme ailleurs. Moi je mets 10 au départ, et ça descend rarement plus bas que 8. 8, c'est devenu une mauvaise note. Avant, 8, c'était passable. Un collègue a tendance à mettre 20 à tout le monde, les mômes aiment bien l'avoir, c'est comme si on touchait le gros lot chaque semaine. Vrai, on peut avoir de gros ennuis pour une sale note quand on est enseignant.

– Oh là là, l'année dernière, j'avais 19 sur 20 ! Et avec vous j'ai 13 ! Je veux changer de classe, c'est pas juste, j'en ai parlé à mes parents.

J'avais un bon tas en retard, parce que j'avais oublié les copies dans ma salle alors que je devais les lire pendant les vacances.

C'était bien cette soirée au bahut après les cours. J'ai mis de la musique pour corriger, il était tard quand je suis parti. Ça a duré presque deux fois la durée du *Köln Concert* de Keith Jarrett. Je l'écoute depuis longtemps. J'adore cette histoire, comment il était crevé, furieux à cause du piano foireux qu'on lui refilait, et comment le carillon de la salle l'avait inspiré pour les premières notes, un miracle en direct... Bref, je me suis bien avancé, pour ainsi dire. Je suis sorti quand j'ai entendu du bruit dans la salle à côté et on a bavardé, l'OP et moi. On est en hiver et il fait vraiment froid depuis quelques jours. Lui, il habite porte de Vanves mais il ne met pas le chauffage chez lui. Il utilise un convecteur près du corps quand il ne peut pas faire autrement. Ça ne vaut pas la peine de chauffer selon lui si on n'a pas des animaux à la maison.

– Ou alors des enfants ?

– Ah oui, des enfants aussi. Mais des petits alors.

On rit ensemble, il est amusant parfois. Ces histoires de chauffage devenu trop cher en France me font penser aux romans anglais d'Alan Sillitoe que j'adorais, avec les compteurs de gaz, ou électriques, que les gens trafiquaient. Je me disais que ce passé ne reviendrait pas... Je me trompais, évidemment. On ne bavarde pas tout le temps. Au début, je le tutoyais, mais comme il persiste à me dire vous, j'essaie de lui dire vous aussi.

– Alors, combien il fait chez toi ? (Punaise ! Loupé.)

Il hausse les épaules.

– 13°, 14°, ça va.

De toute façon, il a bien assez de dépenses comme ça. Il me dit qu'il avait prévu de partir en vacances cette année, sa famille a une baraque dans le Lot, mais qu'il a eu des frais imprévus. La dernière fois qu'il a pu y aller c'était il y a trois ans. Depuis, il a des soucis avec sa famille, il ne sait pas quand il y retournera. Sa vie a l'air très simple et très compliquée en même temps. En ce moment, il reste au lit jusqu'à 9 heures, puis il file directement au bahut travailler. Quand ce sera le printemps, il aura sans doute à cœur de se lever plus tôt, et il profitera un peu plus de ses journées. Il finit assez tard. Ils gagnent vraiment très peu d'argent, les ouvriers de l'éducation nationale.

Il vient d'une famille nombreuse. Il me dit les choses quand ça lui vient, par bribes. Il n'a pas toujours le temps. Il est toujours souriant avec moi. Je lui dis au revoir quand je sens que je vais trop le retarder. Il y a selon lui des problèmes en cuisine et entre les agents, ça ne lui déplaît pas de travailler seul le soir dans les salles du second étage.

D'autres fois, mais ce n'est pas lui, les agents passent le matin vers 7 heures 30, juste avant l'arrivée des profs. Des femmes, très souvent. Elles gardent le portable coincé entre l'oreille et l'épaule et elles font un petit sourire en passant, ou pas. Ce sont des conversations sans fin, dans les couloirs vides d'élèves et d'enseignements. Elles surveillent le réveil des enfants, le petit déjeuner, les derniers préparatifs et leur départ à l'école. En ce moment, il me dit qu'il y a un congé maladie en cantine, une cantinière qui ne peut plus porter de charges lourdes, et un poste non pourvu. En salle des profs, j'ai entendu plus tôt dans la matinée qu'il faudrait peut-être fermer la cuisine, au moins le temps de trouver comment faire. On compte sur les parents pour mettre un coup de pression dans les rectorats. En fait, voilà où on en est.

Quand il nettoie la salle où je travaille, on reste un moment ensemble, ça ne le dérange pas que je m'occupe de mes petites affaires et lui des siennes. Je me rends compte que j'aime bien ces soirs-là, sans trop savoir pourquoi, avant de rentrer chez moi par le T3b, porte de Vincennes ou, si j'ai un peu de courage (ce qui ne m'arrive jamais le lundi), à pied (une heure porte-à-porte, en pressant le pas).

VII

Monsieur Ullman m'est revenu en tête pour je ne sais quelle raison. Punaise ! On devait être en troisième, ou en seconde, l'âge des gosses que j'ai aujourd'hui. Monsieur Ullman était habillé avec son goût à lui, des vieilles vestes en tweed et des chemises pas repassées à col mao. Il conduisait une Volkswagen, les petites qu'on appelle les coccinelles, la sienne était rouge. Tout était dégingandé chez monsieur Ullman, son chic, ses habits, et même ses cours, si on peut parler de cours : en fait, il nous racontait ses vacances. Trois mille kilomètres cet été-là en Volkswagen, qu'il réparait lui-même car on ne trouvait aucun garage automobile au fin fond de la Turquie, de l'Écosse, ou en Afghanistan. Il affichait une carte de géographie. Il avait une grande règle jaune, du genre qui marche avec les cartes de géographie, les punitions corporelles et les batailles de mousquetaires. Il nous racontait ses trajets, ses rencontres. Tout ça en anglais et nos yeux brillaient au premier rang.

Monsieur Ullman portait une petite sacoche toujours légère, ses yeux étaient très bleus, et comme il était grand il avait l'habitude de rentrer un peu la tête pour passer sous la porte, où il restait un instant, le temps qu'on le repère et qu'on fasse silence. Il était néerlandais, parlait allemand et espagnol. Monsieur Ullman, d'après les autres, couchait peut-être avec la belle et très remarquable madame Kaitzin, qui faisait fantasmer bien des élèves.

Elle était bronzée toute l'année, dans les Hauts-de-Seine où on a parfois du mal à l'être. Elle portait des jupes à fleurs rouges, vertes, qui lui allaient bien. Ses chemisiers étaient ouverts de deux boutons. Les élèves inspirés dessinaient des transparences, des filles aux seins bombés dans les marges de leurs cahiers. Une fois, madame Kaitzin était arrivée avec un sourire moins éclatant que d'ordinaire, et les élèves du premier rang avaient aussitôt fait le rapport avec sa vie sexuelle. Madame Kaitzin était divorcée, et monsieur Ullman, s'il était bien son amant, allait l'abandonner pour ses vacances d'été en coccinelle…

Au bout d'un moment, pourtant, nous sommes devenus hermétiques aux charmes de madame Kaitzin comme à ceux de monsieur Ullman. Le problème avec elle est qu'elle demeurait imperméable à nos charmes, ce qui constituait à nos yeux une faute de goût. Quant à lui, il était finalement aussi emmerdant que ces gens qui ne peuvent s'empêcher de vous inviter pour voir le diaporama de leurs vacances, alors que vous ne leur avez rien demandé, et qu'ils ne se soucient pas des vôtres. En vrai, ils ne vous demanderaient même pas si vous êtes partis. Il y a des gens comme ça.

Au bout du compte, il aura peut-être transmis son goût pour les voyages lointains ou celui de la mécanique auto à certains d'entre nous, sauf qu'avec le temps tout le monde l'aura oublié ; sa vaillante coccinelle aura terminé en carcasse. Tout le monde aura vieilli.

* *
*

Certaines semaines vous fatiguent plus que d'autres. Depuis pas mal d'années, on nous colle des réunions à l'heure du déjeuner. Je n'ai pas trop suivi ce qui se disait… À un moment, en première heure de l'après-midi, deux gros corbeaux se sont posés de part et d'autre des fenêtres de la 211, comme s'ils s'étaient donné rendez-vous, pas le genre amoureux, plutôt mauvais larrons qui veulent faire un coup foireux. Celui de gauche m'a regardé d'un œil torve.

– *What's up dude?*

– *Not much, and you?*

– *Well... Garbage and rain, same old shit. You?*

– *Same.*

Je ne sais pas la suite car les 3ᵉ 2 sont rentrés en braillant dans la classe. J'en ai fait ressortir trois pour qu'ils rentrent dans les règles de l'art avec *Hello! how are you?* et *Sit down! Take your notebook*, etc. c'était toujours ça de gagné... Seigneur, je suis si fatigué. Je suis né fatigué. Et j'ai beaucoup marché depuis le chant du coq. Seigneur, je ne veux plus aller à leur école...

Le mercredi, les élèves ont passé leurs oraux de stage. Un élève de l'ULIS, la section pour les enfants dys, a fait le sien dans le dojo au-dessus des voies ferrées de la gare de Lyon, porte de Charenton. J'y ai emmené mes enfants il y a une petite éternité. Il fait du judo depuis longtemps. On lui a mis une bonne note, rapport à ses énormes efforts, mais il faudrait revoir le barème pour les élèves comme lui. Il y a les habituels stages au Franprix, en crèche et, c'est nouveau, dans les endroits où on dépose les colis. L'élève scanne, et après avoir scanné il range.

Les classes sociales sont bien distinctes dans les quartiers bobos parisiens. Céline a fait son stage avec la scénographe de l'expo Suzanne Valadon à Beaubourg, qui ouvrait le lendemain. Suzanne Valadon a fait de merveilleux portraits de femmes, des beaux dessins de son fils Maurice Utrillo, on sent bien qu'il file un mauvais coton de déprimé, de plus en plus déprimé. Des femmes puissantes. Des nus masculins plus fragiles. Céline a eu la super note. Évidemment.

Pour ce qui est des soutenances de stage, une jeune prof de lettres qui vient sans doute du neuf-trois m'a gentiment rappelé qu'il ne fallait pas oublier de demander à la fin du mois le paiement de mes deux heures supplémentaires. J'ai trouvé ça sympa. Je veux retourner à Bondy faire un tour voir comme ça a changé. Et puis continuer.

VIII

Elle avait organisé une petite collation dans la salle des profs, au lycée de Bondy. Elle venait d'avoir l'agrégation interne et voulait fêter ça. Ses enfants étaient encore adolescents. Son mari était parti sans laisser d'adresse, sans qu'elle puisse imaginer ce qui l'avait poussé à partir. Elle devait gagner plus d'argent, d'où l'agrégation d'allemand. Elle avait apporté du mousseux, du cidre et du jus d'orange, fait des gâteaux ; elle a demandé dans la salle des profs ce qu'on voulait boire, et dit ce qu'elle fêtait.

C'était une femme aux yeux clairs, le genre jeune femme de bonne famille qui se retrouve plongée dans une situation qu'elle n'aurait pas imaginée. On lui dit merci, bravo, certains profs la félicitent avec une certaine amertume car ils se sont plantés au même concours, qu'on ne réussit pas du premier coup, ni du deuxième en général, sauf à suivre les cours de l'ENS ou ceux des membres du jury. Elle hoche la tête.

Elle a apporté une nappe en papier pour un mini banquet. Cet été, elle offrira de vraies vacances à ses enfants, pourra changer les pneus de la voiture qu'il lui a laissée avant de disparaître. Elle me dit qu'elle a tellement bûché pour l'agrég qu'elle aurait besoin de se reposer, mais ça n'est pas le moment. Près des deux tables où elle a installé son buffet, contre le mur, elle a déposé un grand sac de courses Carrefour et un panier en osier pour transporter le reste des bouteilles. La proviseure est descendue à son tour pour trinquer. C'est une femme souriante qui se balade le week-end avec un petit chien, un caniche. Elle était prof de maths avant. Elle a une cote d'enfer auprès des enseignants, en général. C'est vrai qu'elle est sympa, faux jeton mais sympa. Elle prend un verre de cidre. Le cidre pendant le service, ça va ! Je vous félicite, bravo ! À un moment, la sonnerie se met en marche et chacun regagne ses cours, la proviseure a eu le temps de la féliciter au nom de l'institution et de l'assurer de son soutien. Tout ça ne veut rien dire, en somme, mais ça va mieux en le disant.

Elle a une heure pour tout ranger avant son prochain cours. Moi aussi. On bavarde tous les deux. Elle préfère l'Europe de l'Est aux États-Unis, où elle ne mettrait jamais les pieds. Elle lit moins qu'avant, mais encore beaucoup. Les vacances avant, c'était la maison de sa famille à lui. Elle n'avait jamais envisagé de se retrouver seule comme ça. Mais elle est contente, maintenant, tout va bien. Je lui propose de l'aider.

– C'est sûr ? Tu n'as pas de copies ?

– Non, ça va.

On a fini la dernière bouteille de mousseux et nous redressons les tables, jetons les gobelets, balayons les miettes. Je m'aperçois qu'elle s'est assise devant une fenêtre qui donne sur le parking, je regarde son visage un peu chagrin. Je ne dis rien, la vois sortir de la salle des profs, marcher dans l'allée vers le parking, derrière le bâtiment, pour remettre dans sa voiture, la berline qu'il a laissée en se barrant (avec une femme ? où le portait le vent ?), le panier en osier, les bouteilles qu'elle n'a pas ouvertes dans le sac Carrefour, elle met tout ça dans le coffre. Puis elle ouvre son sac à main et prend une cigarette, une longue, qu'elle fume lentement, en regardant vers le soleil timide au-dessus du bahut, comme si elle sortait d'un long séjour dans le noir, comme si elle redécouvrait le beau temps. Pourquoi je me souviens si bien de cette femme, de son panier en osier et de la cigarette qu'elle a fumée près du muret de l'allée du parking ? Pourtant, j'ai oublié son nom.

*   *
*

J'ai continué encore quelque temps à Bondy. Il y a eu des moments magiques, par hasard. Une fois, je me rappelle que les mômes d'une quatrième très remuante ont décidé de se mettre au travail, ça a duré presque une semaine. On leur avait dit du mal d'eux ; ils voulaient prouver le contraire à leurs enseignants.

Dans une autre classe, je me rappelle m'être battu contre une envie de m'endormir si forte que j'ai dû fermer les yeux (je dors souvent pour me protéger des agressions). J'ai distinctement entendu dans le brouhaha : Vos gueules, le prof y dort ! J'ai senti leurs yeux rivés sur moi, leurs sourires incrédules, et ils ont gardé le silence (à peu près) jusqu'à ce que je retrouve la force d'ouvrir les yeux, de leur dire de ranger leurs affaires en attendant que ça sonne, de les remercier et de refermer les yeux…

– M'sieur, vous allez mourir ?

– Teubé ! mais non, tu vois bien, il respire !

J'ai dû rentrer chez moi sans finir la journée.

J'étais mal en point au bout de quatre années là-bas, en collège. Prendre le bus, le métro. Supporter le bruit dans les couloirs, dans le préau. Revenir chercher les élèves à 8 heures 30, 10 heures, à 10 heures 30, et idem l'après-midi. Des gens étaient plus mal en point que moi encore. Mais un jour, je n'ai plus réussi à y aller.

Congés maladie. On croit qu'on vous regarde de travers. Ou alors c'est vrai.

Les élèves m'avaient envoyé une petite carte, je me souviens comme ça m'avait fait plaisir.

Puis les mêmes trajets, les mêmes bruits dans le préau, le même bazar dans les cours.

Je me rappelle d'une classe étonnamment sympa, les élèves ensemble depuis la maternelle, à Bondy. Une des filles arrive à grands pas dans la classe, avec un large sourire, elle s'installe toujours en face de moi. Elle est rayonnante, me montre son piercing à la langue, joue avec le piercing à ses narines sans me quitter des yeux, au premier rang, me laisse voir aussi la naissance de ses seins. Je finis par me rendre compte qu'il y a quelque chose qui cloche. Je vais prévenir l'administration. Elle me fait des avances, elle a quatorze ans, ça ne va pas… La CPE et la secrétaire de la proviseure me regardent avec des yeux ronds.

– Mais, monsieur Fabre, vous êtes sûr de ne pas délirer ?

– Non, je ne crois pas.

Ils retrouvent la jeune fille trois mois plus tard à la porte des Lilas, délit de racolage. Je dis à la CPE qu'avec un peu plus de confiance on aurait gagné du temps... La jeune fille, prise en charge, part en apprentissage. Elle est toujours aussi gaie lorsqu'elle revient me voir avec son grand sourire.

On a reçu son père qui l'élève seul, le type est un peu secoué, il boit. Je le regarde qui parle avec la direction, ses yeux très bleus. Il n'a pas l'air trop gêné d'être là, il ne sait pas quoi faire avec elle. Il est toujours au travail, pour le prouver il montre ses mains, ses gros doigts abîmés, les marques du froid, des mains de maçon qui boit. Il est bourré de temps à autre, et dans ces cas-là il gueule et lui dit qu'elle sera comme sa mère : une pute! Elle a dû le prendre au mot.

Elle me contactera des années plus tard. Elle a lu certains de mes livres, ne sait pas si je me souviens d'elle. Mais si, bien sûr que si, je me souviens! Elle évoque en passant sa folle jeunesse, tant d'années plus tard, elle est heureuse, elle travaille dans le commerce, elle est mariée, maman, elle va bien. Je la sens heureuse. Elle viendra me faire signer un livre un de ces jours, si je passe dans son coin.

Elle a les yeux cernés, elle est blonde. Elle se mord les lèvres au sang. Elle se ronge les ongles.

Parfois, elle tape les murs à coups de poing et elle menace tel ou tel de le buter. Elle dit : Je vais te buter si tu continues. Elle le dit en souriant mais elle est prête en vrai à y aller. Si les garçons lui parlent mal, elle leur fait des doigts d'honneur. Elle n'a pas peur de se battre. Ils le savent, ils se méfient. Les plus violents en seront pour leurs frais. Elle étudierait facilement, à mon avis, sauf qu'elle n'a pas la tête à ça. Je sais qu'elle vit avec sa mère et son petit frère. Un jour, elle arrive avec un plâtre au bras. Ses crises de rire ressemblent à des plaintes, elle se tord jusqu'aux larmes. Elle appelle ça son quart d'heure colonial.

– Qu'est-ce que tu t'es fait ?

– Moi ? J'ai rien fait, je suis tombée.

Elle me jette un œil par en dessous avec un air de défi, que je ne vienne pas me mêler de ce qui ne me regarde pas. Puis, pendant tout le cours, elle me dévisage. Elle cache son visage sous ses longs cheveux blonds. Je réalise que depuis le début d'année, elle a eu plus que son compte de bleus, de traces de griffures, de coups. Je veux comprendre. Les autres profs me disent qu'elle s'est fait casser le bras par sa mère. Par sa mère ? Oui, le père est là où il est, et c'est mieux comme ça… Elle reste pour protéger son petit frère. Depuis la sixième, c'est comme ça. Ils ont beaucoup réfléchi, ont déjà alerté les services sociaux. Plutôt que le placement, c'est la meilleure solution.

– Depuis la sixième ?

Je ne comprends pas. Je voudrais bien qu'on m'explique. J'essaie d'interrompre une bagarre dans le préau et Karim se bat avec un autre gosse dans le couloir. M'sieur on rigole !

– Non Karim, c'est pas rigolo, regarde comme tu l'as amoché ! Il est par terre, il saigne...

Il fait partie de ces élèves qui rejoindront l'usine de peinture auto, dans le coin, ils ne sont pas regardants pour employer des gens à cette tâche dangereuse ; les profs disent ça aux conseils de classe. Lui : l'usine de peinture ! C'est mieux que rien, de toute façon.

* *
*

Le S est détrempé. Maintenant, il fait plus beau alentour, avec des flaques et des mottes de terre, des détritus amenés par le vent. Les gamines du S rient en s'interpellant sur la N3. Les mômes ont repris les ballons. Ils apportent leur ballon pour jouer au bahut. Ça résonne dans le préau. On les confisque et on leur rend à la fin des cours.

Ils se driblent en sortant, en rentrant. Zinedine Zidane, dans les banlieues, c'est le patron. Les marronniers sont en fleur. Les philosophes sous la bretelle de l'autoroute ont l'air d'être en grandes vacances. Je n'arrive plus à sortir de chez moi.

Je découvre les psys de la place de la Nation. Ce n'est pas trop loin. Un type me donne rendez-vous à 6 heures du matin dans son cabinet et je me mets à lui parler. Du moins j'essaie. Il a les yeux fermés et sa tête qui dodeline. Je parle, j'arrête, je parle, rien ne change.

– Mais vous dormez là !

Je l'ai dérangé. Il sursaute.

– Euh… Non, pas du tout, c'est l'écoute flottante…

Je ne peux m'empêcher de rire comme un hystérique en sortant de son cabinet. Puis je longe les murs des immeubles pour rentrer car j'ai peur des voitures dans les rues.

Un autre me propose de faire une cure à base de mots-clés, au fait, si on s'entend bien, est-ce que je serais d'accord pour le payer en liquide ?

Je me sens très bizarre, je n'ose plus sortir, trop attiré par la rue, les voitures qui passent. Un psychiatre de l'avenue Michel-Bizot me prend au sérieux, cette fois. Vous allez venir comment ? À pied ? Non, j'ose pas. Vous pouvez prendre un taxi ? C'est cher. Cher, un taxi de la porte de Charenton à Michel-Bizot ? En tout cas pas pour lui. Vous pensez arriver à quelle heure ?

*   *
*

J'ai toujours eu des problèmes avec les lundis. J'arrivais pour déjeuner à la cantine avec lui. Nous étions à peu près cent cinquante enseignants, mais Dominique est le seul à être venu me voir quand j'étais cloîtré à la maison.

Il était prof d'économie, jouait de la clarinette. Il transformait n'importe quelle partition pour la jouer à la clarinette. C'était son médicament dans la vie. Parfois, ça sonnait bizarre... Une petite maison à Montreuil, les concerts à la Philharmonie, le rhum arrangé. Quelques années de plus que moi, c'était comme si on prenait le train d'avant, une autre vie dans la même vie.

Sylvie, une prof d'anglais de bonne famille, avait pris en charge les petits événements du lycée, les cartes, les cadeaux pour une naissance, les gerbes de fleurs des enterrements. Martine, la prof d'arts plastiques, adjointe à la mairie communiste, était venue demander au sale type de se calmer. Dis donc. Tu vas pas arrêter de l'emmerder, pourquoi t'essaies pas avec moi ?

Il ne lui a pas répondu. Il n'y avait rien à répondre. Lui, je l'ai entendu d'ailleurs des années plus tard à la radio. Il avait obtenu sa place de proviseur de lycée français à l'étranger. Ils vous paient mieux, à l'étranger. Plein d'assurance, il enfilait des perles sur la situation des jeunes dans ce pays à la radio. Il n'avait sans doute pas trop changé. Il avait réussi.

Avec ou sans vous, les choses continuent absolument comme avant. On vous demande seulement de fonctionner. Fonctionne qui voudra. Qui pourra surtout. On est dehors, on est dedans. Ici, ailleurs. On ne peut pas faire ce métier à moitié…

On vous le reproche suffisamment quand vous écrivez des livres. Nombre d'auteurs ou d'autrices vous le diront, Suisses, Italiens, Américains et Français m'en ont parlé. Certains ont choisi de démissionner. Prof dans le supérieur, ça passe encore… Agrégé de bonnes manières aussi, jolis livres dans l'air du temps, c'est assez bien vu. Sinon, on vous soupçonne du pire. Une inspectrice me l'a dit comme ça, sans filtre, que je ne pouvais pas faire sérieusement ce métier puisque j'en exerçais un autre. L'experte qui m'avait allumé à Créteil avait hoché la tête d'un air entendu... On parle moins des difficultés à être pompier et auteur, médecin et autrice, je ne suis pas même certain qu'il y en ait...

Au rectorat de Créteil, la directrice portait un costume bleu ciel bien coupé ; j'aime les vêtements et j'avais trouvé original son tailleur de RH. Ses cheveux gris cendrés, avec des mèches, des yeux presque de la même couleur. Elle n'avait pas l'intention de faire quoi que ce soit pour moi, mais on a un peu bavardé, *off the record.* Elle a regardé mon dossier. Pour avoir une retraite correcte, surtout si on a commencé à trente ans passés, il fallait travailler chaque année, sans dispo, et à plein temps. Elle avait pris une année pour élever ses trois enfants et elle allait la payer de sa poche, surcotiser... Bref, pas de chemins de traverse, il faut suivre une ligne bien tracée... Elle avait raison bien sûr. On n'est pas obligés de vivre sagement. Il suffit de payer la note. C'est pas toujours marrant. En tout cas, elle m'assurait que ce n'était pas leur faute si je me retrouvais dans le même établissement. C'était l'ordinateur. Au revoir madame, bonne journée.

* *
*

Hier matin j'ai pris le 351 qui va jusqu'à l'aéroport de Roissy, arrêt Auguste-Polissard. Ça s'est amélioré par endroit. Le centre-ville de Bondy, près de l'église, ressemble à un vrai centre-ville maintenant. Il y avait déjà le Monoprix mais il est moins isolé, parmi des petits immeubles avec un genre de patio au milieu qui poussent, comme partout dans les villes de banlieue. À la sortie de l'église, des gens s'étaient rassemblés, habillés de noir pour un enterrement.

Au niveau de la N3, par contre, à Auguste-Polissard, ça n'a pas changé en mieux. Sous la bretelle de l'échangeur, des gens attendaient le bus dans un froid de gueux. Je n'ai pas vu les philosophes ni leurs enfants, il devait faire trop froid pour papoter. La petite caravane des sandwiches a disparu. Pas de Marlboro Bled non plus. Comment va-t-on faire pour fumer ? Tous reviendront peut-être avec le printemps ? Je suis allé dans la rue qui longe le S, celle par où on rentre au lycée. Il y avait une impression de calme, quelque chose de tranquille, les élèves n'étaient pas dans la cour. Ils ont bien amélioré le S au Potager aussi, apparemment, mis des clôtures. Les pelouses n'étaient pas défoncées par les flaques. J'ai compté six poubelles. Comme le bahut était ouvert, j'ai demandé à la loge si je pouvais rentrer.

– J'ai travaillé ici, avant.

La gardienne, une nouvelle, m'a dit bien sûr, vous venez dire bonjour aux collègues ! Rentrez par-là. La salle des profs est refaite. De jolies couleurs jusque dans le hall, où les peintures à thèmes avaient sans doute été réalisées avec l'aide des élèves : un militaire africain souriant genre légion étrangère pour illustrer « la féminité », et une jeune femme, j'ai cru reconnaître la merveilleuse Hedy Lamarr, pour « l'ingéniosité ».

Dans la salle des profs, j'ai bavardé avec une collègue qui était retournée à Bondy elle aussi. Elle était remplaçante. Elle a fait une moue souriante pour répondre à la question : Comment ça va, par ici ? On a échangé des noms, certaines collègues sont encore là. Elle dirait bonjour de ma part à Muriel, à Jérôme, à d'autres anciens profs comme moi. J'avais loupé de peu Samira, la plus jeune prof d'anglais du lycée quand j'y étais. D'autres, je les avais vraiment oubliées. Je ne suis pas monté à l'étage de la direction, faut quand même pas exagérer.

Le lycée technique d'en face était un des plus pourris de la planète Terre. Ils l'ont refait aussi, en mieux. Où ont-ils remisé les vieilles machines à coudre qu'on apercevait par les fenêtres du rez-de-chaussée, avec des lycéennes penchées dessus comme dans un illustré d'il y a cent ans? Ici comme ailleurs, la banlieue prend son temps pour améliorer les vies. Peu à peu, cahin-caha, on ne sait pas jusqu'où ça ira.

Ils avaient construit au rez-de-chaussée, sur l'aile du collège, une grande salle pour les activités, les rencontres : un foyer socio-éducatif. Les contreplaqués du milieu de la cour avaient été remplacés par des conteneurs habitables peints en noir. Oui, c'était quand même mieux qu'avant, de ce côté-là. Des lycéennes passaient devant un grand mur d'immeubles avec le numéro 10, Mbappé de trois quarts, qui regarde du côté de la porte de Pantin, trois kilomètres à vol d'oiseau, derrière les nuages un peu clairs et cotonneux. Il s'agit de vivre ses rêves, ou de rêver sa vie; je n'ai pas retenu le slogan. Encore une publicité pour Nike. Mbappé dorénavant a remplacé Zidane, c'est lui le nouveau patron. Punaise! il y aura toujours un patron.

Au fait, comment aller d'ici au stade de France, en bus, à pied? Mais, déjà, pourquoi vouloir aller au stade de France? On se pose parfois des questions idiotes. Je ne suis pas sûr d'y retourner pour m'en assurer.

Je ne suis pas allé me balader dans les étages du Potager. Je n'y connais sans doute plus personne, je préférais m'épargner la peine de le constater. L'enseignante qui y habitait est a priori retraitée depuis pas mal d'années. J'imagine qu'elle est partie. Je ne sais pas. Je ne suis pas non plus allé zoner dans les grandes boutiques de la N3, les entrepôts de meubles ou de literie, le Castorama, les autres dépôts. La N3 semble toujours être une limite et, de l'autre côté, ça n'a pas vraiment changé, c'est resté trop triste. J'ai sauté dans le premier bus qui rentrait vers Paris, et puis j'ai marché de la porte de Pantin jusqu'à chez moi, à Bagnolet. Cette impression de calme... Peut-être simplement parce que je n'y reviendrai jamais ?

En vrai, j'ai mis bien longtemps à y retourner. Je suis pourtant du genre à revenir sur mes pas. Je venais de changer pour Paris quand on s'est tous retrouvés au cimetière, à Montreuil. C'était une grande jeune femme, un beau regard profond, elle avait beaucoup voyagé, avait passé sa jeunesse en Afrique. Elle n'allait pas bien à Bondy. Elle allait souvent en Inde. Elle avait du mal à comprendre la brutalité des élèves, celle des adultes. On bavardait souvent. Je l'avais croisée à Paris par hasard. Non, ça ne va pas très bien, elle m'avait dit en souriant. Quand on s'est tous retrouvés là-bas les autres profs étaient mortifiés, personne n'avait rien vu venir. Elle se plaignait qu'on ne lui donne que des classes de STT, a dit Samira. C'est pas vrai, on a des classes de merde nous aussi.

Je n'ai rien trouvé à répondre.

– De toute façon, elle était pas faite pour ce métier.

Je n'ai pas réagi.

J'ai dû me mordre les lèvres.

Après la cérémonie on est partis chacun de son côté.

Je n'ai plus pris ni donné de nouvelles après ça.

* *
*

Cette semaine a été un peu compliquée. Eddy, qui me semble vaguement surdoué, a un PEP et un tiers temps. Il a souvent mal à la tête à cause du bruit en classe. Il lui arrive de se boucher furieusement les oreilles, la tête posée sur le bureau. Là il a passé l'heure du contrôle à me regarder, l'air abattu, sans rien faire. Ma mère disait « un regard de chien battu », elle ne parlait pas forcément de moi chaque fois. Ça m'a traversé l'esprit même si ça n'était pas le moment. J'ai évité de lui demander pourquoi devant les autres. J'ai attendu la fin de l'heure, mais il est resté affalé sur la table. Il avait quelque chose à me dire ? Il m'a montré le porte-clés avec la photo de son chien. Puis il s'est levé et, sur un poster qu'ils avaient fait avant les vacances, il m'a montré où il avait écrit : *I hope my dog don't die.* Je n'avais pas corrigé la faute, elle n'était pas importante à ce moment-là. Ensuite il a pleuré pendant cinq minutes, un énorme chagrin d'enfant. J'ai demandé à Raphaël, son copain et voisin de table, de l'accompagner au cours suivant, d'expliquer à la prof ce qui s'était passé, ils sont bons camarades. Le lendemain, il semblait avoir oublié.

Un grand élève de troisième a défoncé la porte de la salle 316 d'un coup de pied pendant le cours d'histoire-géo. Que faisait-il dans le couloir ? Le principal fait son enquête. L'adjointe est en formation pour une dizaine de jours, la CPE en maladie, il manque deux profs et le principal vient de recevoir la DHG : des heures vont encore sauter l'année prochaine. Là, il a murmuré, je vois pas comment on va faire cette fois-ci…

C'est vrai qu'il nous fait un peu peur, ce gamin-là. Il arrive près de la prof avec sa tête de plus et il se rapproche à cinq centimètres, sans parler. Il m'a déjà fait le coup deux-trois fois dans le couloir, je lui ai montré du doigt l'endroit où il devait s'arrêter, il n'a pas baissé les yeux. Il a la peau huilée, il est beau. Il ne sait sans doute pas où il est. Il ne met jamais rien dans son sac à dos. Il n'a pas de veste chaude, pourtant il fait froid en ce moment. On ne sait pas quoi faire avec lui. On ne sait pas comment. On ne peut pas joindre sa mère. Père absent.

Une année, un gamin passé en seconde me suivait avec ses camarades et marchait derrière moi, pédé… pédé… pédé…, ce qui reste l'insulte la plus habituelle chez les garçons. Je me suis rendu compte de mon appréhension au bout de quelques jours, je surveillais la rue par la fenêtre du premier étage avant de sortir. Pas question de vivre ainsi ! Alors le lendemain, quand il a recommencé à me suivre en m'insultant, je lui ai foncé dessus et je l'ai plaqué rudement contre un mur. Je lui ai expliqué que je n'allais pas le défoncer mais que j'allais porter plainte, que ses parents paieraient pour lui. J'ai vu la peur dans ses yeux, tout à coup, et j'ai relâché mon étreinte. J'ai eu un peu honte de moi, sur le coup.

Ce vendredi je me suis embrouillé avec Mahdi, qui depuis trois ans ne parle que des Arabes, des Noirs et de ces « merdeux de Français », à savoir les Blancs, comme il a fini par le reconnaître.

Cette heure, il m'a demandé trente fois d'affilée s'il pouvait sortir, j'ai refusé chaque fois. Il arrive en retard. Il se lève. Il change de place. Il fait comme si on n'était pas là. J'ai appelé sa mère, en direct, et j'imagine qu'il va passer un sale week-end. Il doit faire ses devoirs dans une association qui les mouline avec ChatGPT... Tant pis pour lui. Tant pis pour lui, vraiment?

Seigneur, je suis né fatigué. Je mourrai fatigué.

* *
*

Je ne sais plus son prénom, mais on était ensemble à Paul-Éluard, dans le Val-de-Marne. J'avais passé le CAPES par correspondance après plusieurs années dans d'autres boulots plus ou moins précaires et elle, elle venait d'arriver ici. C'était ma première année, celle du stage avant d'être titularisé, elle sa troisième. Elle était très jolie et adorait son métier. Elle était blonde, très mince, habillée avec des vêtements qu'elle cousait elle-même, une passion qui lui venait de sa mère. Elle portait des bagues à presque tous les doigts. Plusieurs minces chaînes dorées autour du cou. Je me souviens aussi qu'elle avait une belle sacoche pour ses cours, le truc un peu luxueux, grenat, et il était facile d'imaginer l'importance de cette sacoche dans sa vie, si pour elle, à Bonneuil-sur-Marne, on peut appeler ça une vie. Après trente ans dans l'enseignement, j'ai quand même des doutes. Même pour six heures de cours c'était formation sur formation, tables rondes, mises en commun de projets de « séquence ». Et puis on avait un tuteur ou une tutrice. J'avais une gentille tutrice mère de famille, Renault Espace, île d'Oléron, mari ingénieur diplômé et aussi, je l'ai appris plus tard, fille d'inspecteur académique en anglais.

Ma collègue venait du sud-ouest. Elle reprenait l'accent de temps à autre, mais jamais au travail, dans la salle des profs, ni devant ses élèves. C'était un petit collège plutôt pourri, une petite salle des profs. La principale, jeune et désagréable, faisait régner la terreur parmi les nouveaux arrivants et ceux qu'elle n'estimait pas. La terreur à petits bras. Par exemple, interdit de téléphoner de la loge des gardiens, même en payant. J'avais deux enfants en bas âge : ça n'était pas une raison. Par chance, les portables sont arrivés. Interdiction de s'asseoir pendant les surveillances. Elle jouissait de regarder sa montre quand on arrivait à la sonnerie, puis de tendre le bras vers le couloir pour vous dire d'aller plus vite. Une vraie connasse d'anthologie.

Pour justifier son côté insupportable, on rapportait qu'un jour, elle avait dû négocier avec un type qui avait débarqué dans son bureau, fusil de chasse à la main, suite au conseil de discipline de son fils. Ça arrive ces frayeurs. Un jeune couple exerçait ici, elle prof d'histoire, lui, ancien maître auxiliaire qui avait décroché le concours, avait été agressé par d'anciens élèves à la sortie. Six mois de rééducation et congé maladie. Il ne laissait plus rien passer avec les mômes.

Venant d'où je venais, j'avais la sensation de rentrer dans un monde invraisemblablement rassis, qui aurait dû déjà disparaître. On m'a montré les sièges réservés aux agrégés dans un petit coin de la salle des profs.

– Oh, vrai ?

– Oui bon, c'est comme ça, mais tu peux t'asseoir quand même...

On accède à ce bahut par les bus au terminus de la ligne 8 à Créteil. C'est au sommet de la colline. Des familles portugaises installées depuis longtemps y ont construit leurs maisons. Puis les Arméniens et ensuite les gens de partout.

Elle adorait faire cours. Elle arrivait avec son pas dansant, sur ses talons. Elle souriait aux mômes et elle pouvait se souvenir des petites aventures de chacun d'eux. On avait aussi un prof d'espagnol en formation qui venait de Yale, aux États-Unis, obèse. Il se pensait bien plus cultivé que les profs ordinaires ; d'ailleurs, il les trouvait nuls, presque autant que les étudiants américains, qui eux étaient complètement nuls.

Certains profs voient des élèves nuls partout. Lui c'était tout le monde. Tout le monde était nul de nul. Il était marrant avec ça. Même s'il portait un chapeau de feutre avec une plume au ruban, il avait du mal à monter les escaliers, avec sa ceinture par-dessous son abdomen, un scorpion dans la boucle, comme les vieux truands mexicains. Les yeux très bleus. Moyennant quoi l'ex-prof assistant à Yale s'en prenait plein la tête dans ce petit coin du Val-de-Marne. Pour se rendre en bus jusqu'à la station de métro de Créteil, on devait attendre avec lui pour lui éviter de se prendre des pierres car les élèves ne pouvaient pas le saquer, ils voulaient le lapider. Bon. C'était difficile comme entrée en matière.

Pas pour elle apparemment, du moins dans le bahut. Elle avait la vocation, mais elle regrettait pas mal de choses de son ancienne vie. Elle avait toujours froid ici. Elle aimait bien quand son copain lui faisait des surprises, un voyage le week-end, un truc qui sortait de l'ordinaire. Une fois, enfant, elle avait été mordue par un chien et elle en gardait une cicatrice très discrète au menton. Presque rien. Elle me parlait volontiers. Notre collège était au sommet d'une colline où personne n'avait envie d'aller, en somme.

Mais revenons à ces fameuses journées de formation délirantes. Par exemple, quelqu'un venait nous parler de la violence en banlieue, une journée toute creuse de poncifs. Encore heureux qu'on n'avait pas d'armes à feu dans l'académie de Créteil! Un type qui visiblement n'avait rien préparé s'est mis en tête de nous faire écrire de droite à gauche : où voulait-il en venir?

On devait subir aussi les profs qui avaient une méthode d'anglais bien à eux. Le type était particulièrement ennuyeux et détestait les anglophones : Vous rêviez, mademoiselle Smith? Pouvez-vous répéter ce que je viens de dire? Il avait pris en grippe cette jeune Anglaise, qui a démissionné à la fin de l'année. L'autre cultivait le genre grand-mère-gâteau, cookies maison; c'était la régression complète.

– Dominique, où étiez-vous allé sans m'en avertir?

– Aux toilettes, madame.

– Ah, d'accord. Vous auriez pu me demander, je vous l'aurais permis. Asseyez-vous.

– Merci madame!

À ma grande surprise, on peut passer sa vie à bêtifier ainsi. On faisait des jeux de rôle, on préparait des séquences et on se critiquait les uns les autres. Ça fayotait à mort évidemment. Aujourd'hui, le numérique prend toute la place, sans Genially ni Kahoot, sans blog personnel ni flashcards, sans escape games ni QR codes ni rien du tout, on n'est pas considérés. Ça risque de durer longtemps...

Pour certains, l'année de stage était vraiment le jeu de massacre. Avec Nancy, qui ouvrait de grands yeux à chaque formation et soupirait : Non mais c'est pas possible, pas possible, où on est !, et Arnold, un Britannique quadragénaire, au regard imperturbable, juste un petit sourire sous sa moustache : *Oh my God…* Il hochait parfois la tête… On avait plaisir à se retrouver. Parfois, on papotait devant une bière avant de rentrer chacun chez soi en RER. Nancy, qui avait bien bourlingué, se demandait si elle ne devait pas démissionner ; certains stagiaires, se rendant compte de ce qui les attendait, avaient envie de se barrer. Il y avait des pertes dès le démarrage.

Elle m'a demandé si on pouvait se voir, vers la fin de l'année, en juin. Je me rappelle son chemisier à fleurs et une montre au bout d'une chaînette en or. Elle était adorée par les gosses, elle les faisait rire et les emmenait chaque année en Angleterre. Mais, ce coup-ci, ils n'avaient pas pu réunir assez d'argent. On est allés quelque part, je ne sais plus où, dans un grand jardin dans le coin. Elle avait décidé de partir, de retourner à Toulouse, d'où elle venait. Elle en avait soupé de Paris. Son copain, c'était fini aussi. Je lui ai proposé d'aller boire un verre. Elle a pris un monaco, à cause de la jolie couleur. Elle partait parce qu'elle n'en pouvait plus ; elle allait regretter les gosses. Ils lui avaient fait des cadeaux, surtout les petites Portugaises des pavillons du bas. Des gamines avaient pleuré au dernier cours.

Moi aussi, j'ai eu un ou deux petits cadeaux là-bas. On était allés voir, avec les élèves de troisième, *Philadelphia*, un film sur un avocat gay qui meurt du sida, dans le cinéma de Créteil Soleil. C'était la sortie du samedi pour ces gosses, Créteil Soleil. À Bondy, les gamines arpentent la galerie commerciale de Rosny 2. Au lycée Rodin, c'est Italie 2. La chanson du film est de Bruce Springsteen, les filles l'ont apprise par cœur en un rien de temps, le temps du trajet du retour en métro et en bus. Ils étaient gentils, et certains brutaux, comme partout.

À un moment, le soleil s'est posé sur la cime des arbres, et on était près d'une aire de jeux où jouaient quelques gamins. Elle m'a dit : Je dois y aller, il va rentrer, il connaît mes horaires. On ne se reverra plus. Parfois une pointe d'accent reprenait le dessus pour disparaître aussitôt. J'allais me lever à mon tour quand elle s'est penchée vers moi et m'a embrassé longtemps, légèrement. Bien sûr j'étais surpris. Elle sentait la vanille. Avant que j'aie eu le temps de dire quoi que ce soit, je l'ai vue s'éloigner à pas rapides par la petite allée des gravillons. Les larmes aux yeux. Elle avait raison, on ne s'est pas revus. Je ne l'ai jamais remerciée pour ce baiser, devant les jeux d'enfant, l'araignée, le toboggan, les balançoires et la petite maison hantée, interdit aux moins de cinq ans, quelque part dans le Val-de-Marne. C'est fait.

IX

Parfois on se demande ce que l'on fait ici, et pourquoi nous et pas, ce qui semble sur le coup préférable, quelqu'un d'autre qui n'a rien à voir avec nous ? Parfois, certaines heures de cours se passent si mal. Et parfois des semaines. Avec cette classe de lycéens de section STT au bahut de Bondy, c'était le cas. Les sigles ont changé, pas les élèves. Ils étaient grands, en jean-baskets, leur jeunesse était moqueuse, explosive, souvent cruelle. Dans les couloirs du bat C, on sentait un courant d'énergie inexploitée entre les étages ; il fallait savoir y faire avec eux et moi, en fait, je ne savais pas. Je crois que personne ne savait. À vrai dire, je n'étais pas le seul à avoir des soucis avec eux. Oui, ils étaient moqueurs, cruels parfois, souvent intelligents. Ils avaient des choses à dire, des gens à venger. Ils sentaient qu'en poussant un peu, ils deviendraient les rois dans ce lycée. On ne peut pas dire que je préparais trop les cours non plus… Je n'avais ni besoin, ni envie de les préparer. Ils s'asseyaient, ou pas, quand le prof arrivait. Il fallait commencer à négocier dès le départ. Ils avaient compris le système et ils savaient que le système ne les aimait pas, mais qu'ils y avaient leur place, au moins pour un certain nombre d'années, jusqu'au bac, pour ceux qui réussiraient…

Les professeurs de philosophie sont exposés à de grandes difficultés. Ils n'ont pas les mêmes idées que la philosophie. En histoire non plus. Cette année-là, en histoire, c'est monsieur Granier. Monsieur Granier est mince, un corps d'athlète agile, pas du tout carré, il a fait beaucoup de gymnastique. Par-dessus ses yeux clairs, des lunettes, comme des petits cercueils rectangulaires, fins en acier. En salle des profs, il parle peu. Comme pas mal d'entre nous, au deuxième étage du C, il fait cours avec la porte de la classe à moitié ouverte, au cas où. La porte fermée, peut-être que cela couvre le vacarme et n'alerte pas la direction sur notre incompétence mais, parfois, il vaut mieux ne pas la fermer. D'ailleurs, la porte ouverte, c'est déjà une ouverture vers la fin de l'heure, encore une autre puis le parking ou le bus pour Pablo Picasso ou la porte de Pantin. Ce prof d'histoire, je crois bien qu'on n'aura jamais parlé ensemble. On se disait bonjour. Lui hochait la tête pour répondre, je voyais ses cheveux noir de jais, si noirs que je me demande s'il ne se les teint pas. Sa fille est ici, enseignante en stage elle aussi, en lettres. Elle, ses lunettes sont cerclées, comme Adèle H. dans le film de Truffaut, jupes longues et bottines. Elle porte un gros cartable qui la fait paraître toute frêle. Elle doit être du genre à corriger des centaines de copies le week-end… Certains profs ont le chic pour se coltiner des centaines de copies chaque week-end.

Un jour, par la porte entrouverte, je vois les grands élèves de la classe tous autour de lui, sur l'estrade. Ils l'entourent.

– Allez, m'sieur, montrez, vas-y, le Coran de ma mère !

Ils lui demandent de faire des pompes sur l'estrade et ils vont les compter. Ils sont sûrs qu'ils peuvent en faire plus, et plus rapidement. Ils ne croient pas sans preuve. Après un regard inquiet vers la porte de la classe, je le vois qui hésite à obéir. La porte est restée entrouverte. Je fais bien attention de m'éloigner sans bruit et je me jure que jamais je ne ferai des pompes devant les lycéens, en espérant qu'ils me fichent la paix. 4, 5, 6… Wesh Granier, vas-y champion !

D'ailleurs suis-je capable de faire des pompes ? J'ai des doutes à ce sujet.

Je rejoins ma terminale éco-gestion. Plutôt bruyants, certains ont redoublé. Ils veulent gagner de l'argent après leur BTS et s'acheter une voiture. Ils veulent aller fumer du kif sur la plage en Espagne. Ils ne croient plus aux ambitions de leurs parents ni à leurs idées. Ils sont drôles, cruels, grossiers. Je les aime bien mais je parle dans le vide. Ils donnent des surnoms aux profs. Keyser Söze, c'est le mien. Je mets du temps à comprendre qu'il s'agit d'un film où le Keyser en question, dans une bande de voleurs, est un type pas très bien foutu, maigre, et qui boite. Je ne boite pas pourtant. Certains ont des voitures, ils essaient tous de bosser pendant les vacances. Il y en a un qui deale du hash sans prendre la peine d'être discret.

– Le mien, c'est la top qualité. Je suis sûr que vous fumez, pas vrai ? Allez, vous pouvez me le dire à moi. Non, pas vrai ?

– Laisse, il préfère picoler, c'est un Gaulois.

Drôles et cruels, je les aime bien. Ils me fatiguent mais ça marche à peu près. Dans cette classe, on compte trois filles pour trente-deux garçons. Ce sont les reines de la classe. Elles se sont adaptées et jurent plus qu'à leur tour. L'une fume des Menthol. Elle a déjà une panoplie de secrétaire à la place d'un sac de classe. Ses parents sont polonais. Elle vient en voiture au lycée, parle russe mais l'anglais non, ça ne lui vient pas. Elle prendra russe au bac.

J'aime bien Sydney, un petit type malin qui me raconte parfois son enfance, Barbès dans ses toutes premières années, quand sa famille est arrivée de Tunisie. Les chouchous, les marrons chauds, mangez les chouchous ! Il garde en tête la mélopée de son père qui les vendait dans une camionnette, boulevard Barbès. Il ne se souvient de rien d'autre. Il ne sait pas pourquoi il a tout oublié. Il voudrait bien savoir. Je lui dis que peut-être, un jour, ça lui reviendra. Je lui dis qu'il a le temps. Quand ça le prend, il s'allonge sur mon bureau et me fait un numéro de starlette. J'essaie de le faire descendre.

– Merde ! descends !

– Venez me chercher si vous osez…

Il me fait des clins d'œil et fait rire toute la classe, et je ne peux me retenir moi non plus. Son copain Shalim est un garçon du S. Il est sri-lankais, très mince et peu bavard, avec de grands yeux maquillés sur le contour des paupières. Je me rends compte qu'il parle pas mal anglais, il le parle au Sri Lanka et dans différents pays du monde, avec sa famille. Il vit dans un appartement presque vide, miné par la pauvreté. Pendant l'année, ses parents doivent partir trois mois je ne sais où. Eux, les enfants, restent ici pour le bahut, sous sa responsabilité.

– Oh là là, l'appartement de Shalim, c'est un vrai lupanar !

– Un lupa quoi ? demande une des trois filles.

– Un lupanar, un bordel quoi !

Jessica hausse les épaules : Ça ne te regarde pas, la vie sexuelle c'est la vie privée. Ils rient comme des imbéciles. Les heures passent péniblement, mais elles passent.

Je préfère me retrouver dans cette première générale, une classe sympa. Ahmed est le chouchou des filles, il les fait marrer. Il est courtois avec les profs, il bosse bien, se met toujours au premier rang, demande quand il ne comprend pas. C'est un matheux. Il se préoccupe seulement de réussir et, d'ailleurs, il sera accepté à l'école des Ponts. Pour l'anglais, il est aidé de temps en temps par Aimée, fille d'infirmière, qui veut devenir urgentiste comme dans la série télé de ces années-là. Elle portera les lunettes de l'affiche et réussira elle aussi. Les profs aiment bien savoir les histoires de réussite, on songe qu'une partie du mérite, peut-être, nous en revient, que notre travail a du sens. On se rassure comme on peut…

On continue de croire qu'on sert, qu'on est utile quelque part.

Et puis les autres. Cette classe de seconde qui, bien que trop nombreuse, accueille certains profs avec un grand sourire.

– On n'a pas de devoirs, m'sieur ?

Les filles qui vous offrent des petits gâteaux, qu'elles ont fait pour leur anniversaire. Ils vous proposent d'aller voir un film, ne vous inquiétez pas m'sieur, on a tout organisé ! On va ensemble dans un cinéma de banlieue, le Trianon à Romainville, en bus. J'ai suffisamment confiance pour qu'on se balade un peu avant de rentrer au bahut. On est bien ensemble, ils le disent aux profs. Ils se sont trouvés. Cette année-là, je fais une heure supplémentaire, mais je me sens moins fatigué, heureux.

* *
*

Autour de moi, des profs qui n'ont pas cette chance renoncent ou abandonnent. À Bondy, les enseignantes de philosophie ont du mal à se faire entendre. L'une porte en cours un boîtier de haut-parleur autour du cou. Elle a la voix cassée et ne sait pas comment tenir jusqu'à la retraite. C'est

Platon ou Spinoza en play-back. Elle n'a plus de nom de famille, ils la surnomment « la cloche » ou « la vache ».

Sa collègue, farouchement militante, les rend responsables d'un état de choses qui n'est pourtant pas de leur fait. Elle écrit rapport sur rapport. « Ils » sont misogynes. Ils sont « eux ». Je crois qu'elle leur donne trop d'importance, qu'elle leur fait porter une charge trop lourde, mais après tout, je n'en sais rien.

Le samedi, elle arrive en voiture avec son caniche installé sur une jolie couverture, lui fait faire un petit tour sur le parking à la récré de 10 heures, lui sert de l'eau dans son écuelle, avant de rentrer chez elle à Paris deux heures plus tard.

Une fois, elle me propose de me ramener. Elle écoute de la musique classique dans la voiture. Je me rends compte qu'elle souffre énormément de son métier. Elle était lycéenne à Paul-Valéry, sur le boulevard des Maréchaux. Ça tombe bien qu'elle passe par là, ce n'est pas très loin de chez moi. Elle attend que je sorte, les deux mains sur le volant. Elle n'a pas terminé sa journée. Elle va s'occuper de sa mère maintenant. Faire ses courses, remplir le pilulier. Souvent les gens partent en retraite pour s'occuper de leurs vieux parents… Elle redémarre en trombe, avec son caniche qui regarde la vie des autres par la vitre, après avoir considéré la sienne dans le parking d'un bahut de banlieue, à Bondy.

Les profs font leur travail comme ils peuvent, en somme. Dans chaque bahut, quelques-uns ont dans l'idée qu'ils détiennent la vérité. Les autres font seulement comme ils peuvent. On vient les inspecter de temps en temps. Cette fois, c'est le tour de l'inspectrice d'anglais, on est dix-sept profs d'anglais, dont quinze femmes.

Je ne sais pas pourquoi on devient inspecteur. On en a peut-être marre des élèves ? Ou bien on veut changer d'endroit ? On gagne plus d'argent ? On en a marre des profs aussi, finalement ? J'ai une mauvaise image des inspecteurs d'anglais. Parmi nous, il y a un jeune prof grand et fort, il met des costumes avec des cravates de Mickey ou du petit canard. Il me dit toujours : Dominique, ça va ? Et je lui réponds oui, ça va, et toi ? Je l'aime bien, je suppose que lui aussi, mais on n'a absolument rien d'autre à se dire. C'est en automne, un vrai jour de fin d'automne, plus une seule feuille sur les marronniers noircis du fond de la cour. Le S a l'air d'émerger d'un nuage atomique. Cette inspectrice a l'air sympa, avec une allure de vieille khâgneuse. Elle est petite, mince, une chevalière lourde au petit doigt, des lunettes d'inspectrice. Quand vient mon tour, c'est une classe de seconde surchargée, à trente-cinq, par chance quelques élèves sont absents : elle peut s'asseoir. Les lycéennes font ce qu'elles peuvent, elles sont en section médico-social. Ça ne se passe pas pire que d'habitude. Avec un sourire gentil, compréhensif, elle regarde en passant les cahiers et me demande si j'aurais la gentillesse de lui indiquer la salle 317 du bat B.

– Je vous accompagne, si vous voulez.

– Vous n'avez pas cours?

– Non, ça va.

Après une inspection les profs sont en général épuisés. Ça arrive trois ou quatre fois dans une carrière complète. Lors de l'entretien, l'ancienne khâgneuse regarde vers la cour, ils sont beaux ces arbres, l'automne, vous ne trouvez pas ? Je lui fais un sourire complice, hoche la tête. Elle n'a sans doute pas aperçu les deux gamins qui s'étripent derrière un marronnier. Ils jouent aux terroristes qui coupent des têtes. Surtout ne pas la décevoir. Elle doit avoir un petit côté Lol V. Stein dans un recoin de sa tête, je me dis, c'est bonnard…

– Oh oui, Tatiana, l'automne…

– Oui. Voilà.

– L'automne. Tu sais quoi ?

– Le froid ? La nuit ? L'amour ?

– Oui, l'amour. Tu viens ? On danse Tatiana ?

Lorsque le rapport d'inspection arrive il est catastrophique. Je suis nul, c'est entendu, et d'autres absolument nuls, dont Samira et le type aux cravates avec Titi et Grosminet... Elle nous reproche tout : un accent « à vérifier », une gestion de classe calamiteuse. C'est simple, elle se serait cru dans un zoo, et moi, ben ça ne va pas, mais j'aurai son soutien pour aller en formation.

Et puis ma voix. J'ai une trop petite voix. Ceci met en danger la compréhension des élèves, nuit à leur besoin de certitude. Ils ont besoin d'un guide, les élèves, un peu de charisme s'il vous plaît ! Certaines enseignantes pleurent, parlent de se mettre en congé maladie. D'autres déplorent qu'on ne puisse pas porter plainte contre des gens comme ça. C'est visiblement plus rude que d'ordinaire.

– Je suis complètement dégoûtée.

– Ah mais quelle vipère, je te jure!

– J'en ai marre de ces gens. Je vais changer de métier...

Les feuilles poussent sur les marronniers. Les formations sont dans des communes de banlieue où c'est galère de se rendre en transports en commun. Je vais passer du temps à Aulnay, à

Clichy-sous-Bois, à Vincennes. Je n'y apprends à peu près rien, mais je le fais. Qu'aurait pensé Charles Dickens de tout ça ?

Le jeune prof d'anglais aux cravates s'est fait agresser par deux élèves de terminale compta, une classe de garçons. Il ne s'est pas défendu. Il pleure à grosses larmes devant la proviseure qui lui tend des kleenex. Elle lui demande si un grand sportif comme lui pourra quand même reprendre ses cours, quand ça ira mieux, bien sûr? Dans quarante-cinq minutes, par là, ça irait ?

Il me fait de la peine à pleurer comme un veau devant nous avant de reprendre ses cours alors qu'à mon avis il devrait rentrer chez lui et revenir dans huit jours. Il est karateka. Il a dû trop prendre sur lui pour ne pas défoncer les lycéens qui l'ont attaqué. Ça n'est pas facile de se laisser faire. C'est ce qui lui fait mal maintenant. Il est en instance de divorce.

Quand on s'est connus, il se mariait. Il a demandé sa mut', la préoccupation la plus courante chez les profs. Il faut demander plusieurs fois, compter ses points. Ça peut prendre dix ans pour retourner chez soi. Est-on encore chez soi quelque part, au bout de dix ans ? Je crois qu'il est muté aux Antilles, il est heureux. Aujourd'hui, je regrette de ne pas l'avoir connu davantage, ce type-là.

Chaque année on parle des huit cents points pour rapprochement de conjoint; ou des points liés au handicap. Des gens se pacsent avec leur meilleure copine, un ami d'enfance pour bouger plus vite. Des enseignants plus secrets rêvent de Polynésie, avec des salaires élevés. Au bahut, une Marseillaise sympa s'est ruinée en allers-retours et songe maintenant à changer de métier, qu'elle adore pourtant.

Tous les profs rêvent d'un bon lycée, pas loin de chez eux, mais pas trop près non plus pour ne pas croiser les élèves au coin de la rue. Les années se ressemblent. La vie est éternelle par moments. La vie coule dans un sablier qui ne se vide même pas, on dirait. C'est magique, c'est dément.

* *
*

Cette semaine à Reuilly-Diderot, un nouveau principal est arrivé en urgence. Dimanche, celui en poste depuis quatre ans a envoyé un mail sur la messagerie des profs, il est en congé maladie. La CPE n'est pas remplacée, André absent, deux autres longues maladies, pour trois mois au bas mot. La DHG : neuf heures en moins l'année prochaine. À rajouter aux treize supprimées avant. Par conséquent, plus de demi-groupes. Les profs ont alerté les parents d'élèves : les parents sont écoutés, au rectorat, où au moins ils sont reçus. Pour les profs, c'est plus compliqué. Il faut « demander audience ». Poireauter. Débordés eux aussi sans doute. Pour le principal on pense à un burn-out. Il avait le teint clair, depuis quelques semaines, cet air bizarrement reposé qu'on a parfois avec les traitements… Je lui ai envoyé un texto. Il a fait ce qu'il a pu. Il s'est démené, se demandait comment faire pour le nombre d'heures de l'année prochaine. Il disait en salle des profs qu'il ne savait pas, à voix basse, et ensuite il y a eu un grand silence. Il promène son chien le soir, à l'heure du déjeuner, tôt le matin, il habite un appart de fonction pas loin du bahut. Il est un peu seul probablement. Il y a beaucoup de gens seuls à Paris. Une prof a acheté une jolie carte pour lui, une autre pour André. On travaille ensemble depuis longtemps, on a parlé parfois de poésie, de bouquins, on a bien eu l'idée de s'inviter dîner chez l'un chez l'autre, mais je me suis rendu compte que je n'ai pas son téléphone. À qui puis-je le demander ?

Un remplaçant contractuel en maths, Hector, s'est fait accuser par quatre gosses inséparables d'une classe de sixième de tentative d'étranglement, les deux mains autour du cou. Il en a de la chance d'avoir quatre paires de bras, au moins, comme la déesse Shiva ou une pieuvre ! Ensemble ou séparément ? Curieusement, ça ne l'amusait pas lorsqu'il a été convoqué par l'adjointe pour tirer ça au clair. Ça fait toujours bizarre d'être convoqué. Un gamin de cinquième m'avait accusé moi aussi de lui avoir donné un grand coup de pied dans le dos, il avait en effet un gros bleu. Le gamin s'est enferré dans son mensonge. J'ai été convoqué à deux reprises et le principal ne s'est jamais excusé pour ses interrogatoires maladroits.

Pendant que nous mangions nos sandwiches, ou nos plats faits maison dans des Tupperwares, les collègues en ont parlé. Un prof a dit qu'évidemment un contractuel… Comme si ça avait quelque chose à voir. Il a ajouté que c'est un métier qui s'apprend, ça ne s'improvise pas… Je me suis pincé les lèvres et j'ai vite terminé ma salade que j'achète au Monoprix (et mon cookie, ou mon palmier, ou la promo du jour).

En cinquième, Yaël dort presque à tous les cours ; il se plaint d'avoir mal aux yeux, d'avoir mal à la tête. Quand il dit ça, il a un regard de petit enfant. L'adjointe m'a appris que sa mère a dû arrêter de travailler pour s'occuper de lui. À part lui demander de dire à ses parents de l'emmener chez l'ophtalmo, je n'ai rien fait pour lui. Je ne savais pas qu'il avait peur de gamins de sa classe, qu'il ne voulait plus aller dans leur école.

Seigneur. Je ne veux pas aller dans leur école. J'ai découvert ce poème à quatorze ans, dans une anthologie de poètes africains, c'était le premier livre que je me suis acheté, un livre Marabout chez Gibert, celui du boulevard Saint-Michel. Je ne l'ai pas oublié, je le relis souvent. On devrait offrir ces très bons livres aux gamins, même à ceux qui ne sont pas méritants… Je me dis que demain je vais parler avec Yaël, il regardera peut-être autre chose que la fenêtre, ou le plafond.

Bella a offert à Quentin un de mes livres pour son anniversaire. Une petite pastille sur le prix : il ne connaît pas sa chance, Quentin ! Il est venu me le faire signer : moi je connais la mienne.

Tous les ans ils me demandent si j'en vends des millions. Oh m'sieur, c'est vrai ? Ils sont bien attristés. Bella a voulu lire la dédicace, où j'avais écrit son prénom, évidemment. Elle m'a fait un grand sourire. Elle était bien contente, je crois.

Elle s'appelait Hanane. Je l'ai eue au collège puis au lycée. Le même sourire en arrivant en classe, les mêmes cheveux très longs et les yeux qui partent vers le plafond, à rêvasser. Aujourd'hui j'imagine que Hanane doit approcher les trente-cinq ans. Elle est très douce, souriante, elle n'a peur de personne, on dirait, et elle peut parler avec les pires voyous des villes ou les pires voyous des champs. Elle a toujours un sac à dos et un tout petit sac à main, le genre de sac à main qu'on prend au théâtre, ou pour jouer dans une pièce de boulevard.

Elle se maquille discrètement, ou distraitement, ou les deux à la fois. C'est une bonne élève, sans se forcer, elle pourrait sans doute mener à bien ses études si elle savait quoi vouloir, si vouloir était quelque chose qu'on apprend en cours, les ambitions de la vie. Elle me sourit chaque fois qu'elle arrive en classe, elle a une belle écriture posée, elle n'est pas la dernière à rire ou à bavarder mais elle ne perd jamais le fil. Elle préfère les maths et les livres. Elle est grande, elle a toujours été grande pour son âge, intelligente et douée, mais ça non plus elle ne le sait sans doute pas. Elle voulait être pharmacienne, je crois, en tout cas un métier avec une blouse blanche. Je ne sais pas si elle habite encore dans le neuf-trois. Il y a quelques nuits, elle s'est assise près de moi qui dormais, a posé son petit sac à main près d'elle, a sorti son cahier d'anglais, et m'a regardé avec un sourire amusé en attendant les autres, qui n'avaient pas l'air de vouloir venir, qui n'avaient même pas l'air de savoir qu'ils avaient cours d'anglais, à cette heure-ci dans la nuit.

– Bonjour Hanane, comment ça va ?

– Bien monsieur, et vous ? ça va ?

J'ai eu envie de lui dire que je parle d'eux, d'elles, en ce moment, mais elle est venue vers moi avec sa nonchalance habituelle et elle m'a fermé les lèvres en mettant sa main devant, en anglais s'il vous plaît, monsieur le professeur ! Et là, je me suis réveillé.

* *
*

Ça n'a duré que deux, trois ans, dans ce bahut. Quelques lycéennes se sont mises à venir habillées tout en noir, avec la tête voilée et, pour deux d'entre elles, un grillage devant les yeux. À distance d'ironie, des garçons les accompagnaient avec un petit sourire. C'était, les mêmes années, la mode des piercings au nombril et des boucles dans les sourcils ou au nez. Au début, les gens ont regardé, incrédules. Puis, il y a eu un rappel à la loi, la règle de la laïcité. Ensuite, consigne a été donnée aux surveillants, aux enseignants, de ne pas laisser entrer les élèves ainsi vêtues. La petite musique des interdictions, elles n'attendaient que ça pour se mettre en marche... Convoqués, certains parents n'en croyaient pas leurs yeux de voir leurs filles habillées comme ça. Comme les choses avaient tendance à empirer, le proviseur a exigé qu'on leur ordonne de ne revenir que lorsqu'elles auraient changé de vêtements. Ça n'était pas simple. Ils en parlaient à la radio, à la télé, dans certains dîners en ville. Le proviseur, au printemps, s'est mis à leur courir après, si on peut dire, mais, en fait, il s'arrêtait surtout devant les filles à piercings, à perles dans le nombril, en crop-top ; les noires et les blanches.

Ça aurait pu chauffer plus ou moins ; ça avait déjà bien chauffé après les tours jumelles à New York. J'étais dans le troisième étage du bat B pour faire une minute de silence avec la 1re STT, mais eux ne voulaient pas la faire, pour rien au monde. Je n'étais pas le seul à l'étage à avoir du mal à tenir. Dans la salle à côté, une jeune prof s'était mise à hurler. Et moi, bêtement, j'avais décidé de ne pas lâcher l'affaire à cause de tous ces gens morts pour rien, ces gens comme eux et moi, morts pour rien du tout, à New York. Je suis sorti de la salle : il ne faut jamais sortir de la salle. C'est comme abandonner le navire, déserter le régiment, quitter la table avant la mousse au chocolat. Bref, c'est très grave. Le temps que ça se calme (un peu) dans la salle à côté, ils avaient balancé dans la cour quelques chaises et, là, ils essayaient de faire passer une table par la fenêtre.

– Putain ! Vous me faites chier !

– On fera pas la minute de silence.

Ils m'ont regardé avec un mince sourire. Certains m'ont fait la grimace. Rien à espérer. On n'a pas fait la minute de silence. Ils avaient un peu gagné, mais pas vraiment. On n'avait pas eu la confrontation qu'ils devaient espérer avoir avec moi, un prof. Puis les surveillants de la cour sont remontés avec les chaises. Ils ont eu toutes les peines du monde à refaire passer le bureau par la fenêtre, où il était resté coincé en équilibre. La collègue de la salle à côté est partie à l'infirmerie se calmer.

Personne parmi nous n'était rassuré. Il fallait dire aux mômes qu'ici on était loin de New York puisqu'on était à Bondy. J'ai écrit un rapport, la proviseure m'a demandé de monter dans son bureau, mais ne m'a rien dit. Elle allait voir quoi faire. Rien, c'était la solution prioritaire, comme chaque fois.

Ces lycéennes qui portaient piercings et crop tops ne comprenaient pas pourquoi elles n'avaient pas le droit de les porter. En première, Laura me parlait de ses piercings dans des endroits insoupçonnés.

– Vous rougissez m'sieur ? T'as vu Yasmine, il rougit ! Vous êtes timide, m'sieur. J'aime bien les hommes timides.

Laura est africaine; très belle. Elle a des petits coquillages dans ses tresses. Elle fait partie de ces filles de ma classe qui ont déjà eu un bébé.

– Monsieur, vous êtes marié ? Je kiffe les hommes mûrs…

Elle passe à pas lents et comptés devant moi, chaloupant. Elle me fait sourire avec ça. Dans ce bahut, comme dans tant d'autres, un prof d'histoire avait rencontré sa femme en tant qu'élève, ils s'étaient depuis mariés, avaient eu des enfants. Ça ne finit pas toujours comme ça. Mais parfois, ça continue.

Certains élèves sautent sur toutes les occasions de clash. Ceux qui ont été virés du bahut reviennent en habit traditionnel, sourire aux professeurs avec un air trop mignon, à l'entrée ou au parking. Ils savent bien se moquer de nous. Il faut vraiment en faire pour être viré d'ici.

Certains, élèves ou profs, mettent une heure pour arriver au lycée avec les bus de banlieue à banlieue. Mina, par exemple, arrive de La Courneuve. Elle est petite, carrée et athlétique, fait du judo, veut entrer dans la police ou dans l'armée, mais sans trop savoir pourquoi. À la Cité, quand elle était petite, les garçons tiraient des rafales sur les murs le samedi soir. Ça arrive encore. Elle veut quitter La Courneuve dès qu'elle pourra, mais, en attendant, son trajet en bus dure deux heures.

Souvent je me fais avoir par leurs excuses, évidemment. Le bus était en retard. Leur copain a changé d'avis au dernier moment et ne les a pas accompagnées en moto, ou en voiture. Bref, elles sont souvent en retard. Je ne me formalise pas. Elles ont parfois été virées auparavant d'un ou deux collèges déjà, rien ne sert de les braquer, de leur donner une occasion supplémentaire de renoncer.

Shéhérazade fait le trajet en voiture, une GTI rouge, avec ses copines. Elle ne se gare pas dans le parking des profs mais devant le portail. Elle a un téléphone, un enfant et déjà vingt ans.

– Hé ouais, je fais le ramassage scolaire !

Elle a repris le lycée parce qu'elle rêve de poursuivre ses études mais, en attendant, elle devra faire tourner à distance l'épicerie familiale. Les premiers portables étaient énormes, comme les TomTom qu'on portait à la ceinture, pour voir qui appelait. Shéhérazade sort dans le couloir, je l'entends qui donne en arabe des ordres, sans doute des problèmes avec la livraison des tomates, ou un bras cassé qui a oublié de refermer la chambre froide, des affaires de ce tonneau-là.

– Désolée monsieur. C'est la faute des tomates.

Elle tient ses comptes sur un carnet Clairefontaine. À la fin d'un cours, elle me propose de me ravitailler en fruits et en légumes. Elle m'offre les meilleures pommes du monde. Elle a envoyé son père et ses oncles au diable et vit chez elle, avec sa mère qui s'occupe du petit garçon.

J'entends les filles parler de leurs copains, de leurs samedis. Toutes travaillent le week-end. Une fait les marchés, se lève à 4 heures du matin. D'autres gardent des enfants, sont animatrices dans des centres aérés, serveuses en extra dans les restaurants à Paris. Elles courent après l'argent qui leur manque depuis toujours. Et toutes, ou presque, ont du mal avec les mathématiques.

Il faut avouer que le prof de cette année est un peu gratiné, j'ai l'impression. Très bien habillé, grand et beau; il ne voit pas les choses comme nous. À propos des tours jumelles, il a essayé de nous expliquer la différence entre les chiites et les sunnites : personne ne l'écoutait. Il est marié à une jeune prof d'allemand du lycée, blonde aux yeux bleus, élevée dans une famille de militaires de garnison, en Allemagne. Elle s'est convertie à l'islam. Ils vivent dans un pavillon, se déplacent à vélo. S'ils arrivent en même temps, c'est elle qui pousse le vélo avec leurs deux cartables attachés par des tendeurs, lui marche devant. Elle ôte son voile avant de passer le portail. Le remet en sortant.

Il n'a pas trop la cote auprès des lycéennes. Il leur explique que si elles ne comprennent pas, c'est normal, ce sont des filles. Il est ouf, çui-là ! Djamila lui dit pire en arabe, mais ça ne va pas les aider pour le bac. Il finit par avoir des problèmes. On ne le reverra pas.

Je dis toujours elles mais en fait non, on a deux garçons dans cette classe. L'un ne vient pas souvent. Et quand il vient, il reste assis les bras croisés, ne sait pas du tout pourquoi il est ici. Il cherche un travail, et disparaît en cours d'année. L'autre est jovial et tout aussi mystérieux. Il s'assied devant moi, et quand les filles bavardent trop fort il leur jette un œil fâché.

– Les filles, un peu de respect pour l'étude !

Il dit l'éééétttude, en roulant les yeux comme un prédicateur shooté. Les filles rigolent et, souvent, Shéhérazade, ou une autre, lui montre un doigt, mais en toute sympathie, entre complices, on dirait. Il porte de fines moustaches. Il s'en occupe beaucoup de ses moustaches. Il a souvent une chemisette blanche et, par-dessus, un pull avec des motifs fleuris. Son activité principale, c'est la Bible, la grosse Bible noire des Évangélistes. Il la lit en surlignant les versets au Stabilo rose et va à l'église le vendredi, le samedi et le dimanche. Il ne parle pas un traître mot d'anglais, personne parmi les profs ne sait comment il a pu atterrir ici. Personne ne sait pourquoi il reste non plus. Pourtant son arrivée date de bien avant parcours sup… Il veut faire de l'import-export. Je ne fais pas de remarques sur ses ambitions, il me dit l'anglais, pas la peine, il parle d'import-export en Afrique. Parfois il a envie de nous faire part de ses révélations et il se lève à l'improviste : Taisez-vous, écoutez la parole de Dieu ! Les filles gloussent et finissent par se taire. Comme il ne veut pas en démordre, je lui demande d'abréger ; les yeux révulsés, il nous lit un verset d'Ézéchiel, de Jérémie, 1:23, avec une voix très forte. Il s'entraîne, je me dis. Quand il se rassied lourdement, c'est comme s'il s'était déchargé de tous les péchés du monde, alors il me redonne la parole : Vous pouvez y aller, professeur. Les filles haussent les épaules, lèvent les yeux vers le plafond. Elles et moi, on s'habitue.

On a abandonné l'idée d'apprendre l'anglais pour de vrai, il nous faudrait plus de temps, j'essaie juste de leur montrer comment se débrouiller pour l'épreuve écrite du bac. Une fille rouquine, un peu butée, en jean rapiécé, qui va aux festivals de hard rock, Janys, part sur un coup de tête rejoindre un garçon à Marseille, le début des rencontres sur le net. Elle en revient en larmes. Elle a claqué tout son argent, n'a même pas vu Marseille. Il ne lui reste rien. Elle passe une semaine entière à pleurer en regardant la table où elle s'assied, sans sortir ses affaires.

Leila est une jeune femme toujours souriante, maigre, gracieuse. D'un jour à l'autre, elle pleure en permanence. Elle est enceinte. Chez elle, elle se « ferait tuer » s'ils savaient. Les filles l'accompagnent chez l'assistante sociale. On a le droit d'y aller en toute confidentialité, personne n'en saura rien, elle ne doit pas craquer, elle ne doit rien dire. Quand elle revient, c'est les yeux dans le vague. Parfois, elle passe une heure à regarder ce vide par la fenêtre. Ou bien elle écrit tout ce qu'on dit, pour s'occuper, sans savoir de quoi ça parle.

Vers le printemps, je m'énerve, je leur dis qu'on doit travailler plus pour le bac. Gladys, une Nigériane anglophone, m'aide à leur apprendre à faire des phrases. Il faut répéter, Seigneur, il faut toujours répéter. Elle, son souci, c'est le français, elle est ici depuis très peu de temps. Le trimestre suivant, Janys tombe amoureuse en ligne d'un homme qui, lui, vit dans le Jura. Elle va y aller. C'est comment le Jura ? Les filles soupirent et lui disent qu'elle est conne. Il faudrait les payer cher pour quitter le neuf-trois. Je crois qu'en fait c'est vrai.

Les élèves de première ont effrayé un jeune assistant, elles l'ont coincé contre un mur au fond de la classe, elles le trouvaient mignon. Il est venu me voir, prêt à porter plainte, à alerter la police. Je veux plus aller dans cette classe, je démissionne !

– Tu es sûr ? je lui demande.

– Elles sont folles, elles sont folles !

Elles n'ont pas tant que ça l'occasion de s'amuser.

– Mais qu'est-ce qu'il croyait celui-là, qu'on allait se le faire pour de vrai ? Ah les hommes !

Elles s'amusent. Je voudrais vraiment qu'elles s'en sortent.

L'évangéliste, je l'ai retrouvé des années plus tard, place de la Nation, en costume fripé, avec toujours une chemisette et sa petite moustache. Monsieur le professeur, il a cherché dans sa tête. Ah oui, Bondy ! Oui, tu vas bien ? Il m'a montré sa voiture, une Mercedes. Il tentait toujours de monter sa boîte d'import-export, mais ça ne marchait pas exactement comme il voulait. Il avait quand même sa Mercedes ! Il était fier. Bien sûr, elle avait déjà 325 000 kilomètres. Là, il s'inquiétait un peu pour le prochain contrôle technique. Il avait des frais. Il faisait ce qu'il avait prévu dans les différents pays d'Afrique. Et oui, il s'était mis à l'anglais. *Pray the Loooooord!* Il attendait son rendez-vous. Nous avons vu arriver devant le café Prosper, avec un chapeau, un type de haute taille, un Africain. Pas le temps de converser, professeur ! Les affaires l'appelaient… Ben, au revoir, j'ai dit. Je lui ai tendu la main, il a eu vraiment l'air surpris. Je me suis senti un peu bête. Ézéchiel. 2:23.

– Ah monsieur Fabre, bonjour. C'est moi !

Je ne la reconnais pas tout de suite sous la charlotte et dans son uniforme d'aide-soignante. Elle s'appelle Ernestine.

– Vous ne me remettez pas ?

Elle était en terminale cette année-là. Une de ces élèves invisibles acharnées à poursuivre jusqu'au bac, pour s'en tirer. Elle n'a pas pu continuer ses études. Elle a un balai, un seau, des produits d'entretien dans le petit chariot dans le couloir. Nous sommes à la clinique des Roseraies, à Aubervilliers, où je rends visite à Jeanne qui a atterri ici en urgence. Je me suis bagarré pour qu'elle soit en chambre seule, et plus avec cette vieille dame délirante qui passait des heures à hurler sur son lit.

– Ernestine, comment vas-tu ?

Elle me sourit gentiment sans cesser de nettoyer.

– Ben, vous voyez. Vous avez quelqu'un ici ?

Je lui dis oui, elle s'appelle Jeanne. Elle est âgée. Elle me demande le numéro de chambre. Je suis désolée, m'sieur. Elle n'a que quatre minutes et demi à consacrer par chambre. Elle aurait bien aimé parler avec moi. Je m'excuse, je dois y aller… Mais non voyons, c'est moi…

* *
*

Les élèves vont en stage dans des milieux hospitaliers, des centres de soins, des écoles primaires ou des pharmacies : des stages pour les blouses blanches. Elles en porteront toutes une dans leur vie, pensent-elles, pas forcément blanche, sauf celles qui veulent devenir éducatrices pour les enfants en milieu défavorisé. Je prends des bus, je vais faire remplir les papiers. Les filles sont souvent à l'aise, contentes de voir leurs profs. On bavarde un peu. En général, leur problème numéro un est de « prendre des initiatives ». On vous demande de prendre des initiatives après vous avoir obligées à un tas de trucs sans initiative dans la vie, où vous ne deviez rien décider. Je ne les reconnais pas toutes. En dehors du lycée, on dirait presque d'autres personnes, des jeunes femmes que nous ne connaissons pas. On devrait commencer par passer une semaine ensemble, avec les élèves des bahuts, à les écouter parler, à échanger avec eux. Aujourd'hui, les profs ne sont plus au centre du jeu, cela fait d'ailleurs belle lurette.

Manuella me propose de m'asseoir près d'elle dans le bus. Elle sourit en regardant par la vitre. On roule le long des entrepôts, avec des portails ouverts à moitié, des rideaux de fer baissés et tagués de partout, on longe une route de pavillons jusqu'à la pharmacie, où elle arrive en même temps que moi, son professeur d'anglais. Elle s'entend bien avec la patronne. Elles me proposent de boire un café dans l'arrière-boutique, mais si, pour une fois ! Manuella fera sa mise en rayon après. Elles se connaissent d'avant avec la pharmacienne.

Je passe une heure dans cette petite pharmacie. Je ne suis pas censé faire ça. J'ai accepté le café. On a parlé du bahut, de choses plus générales, la pharmacienne trouve que cette société tourne mal. Je ne peux pas dire le contraire. Elle travaille soixante-dix heures par semaine. Manuella s'en sort très bien. Il faut seulement vouloir travailler… On reconnaît tout de suite les gens qui savent travailler. Manuella en fait partie. Je hoche la tête, ému d'entendre ici un des refrains de ma mère.

Je reprends un bus pour rentrer chez moi. Je visite d'autres endroits ; merci d'être passé, ça va très bien. Parfois, les filles ont trop à faire ailleurs. Leur stage ne sera pas validé, voilà tout. J'aime bien ces visites. Je me prévois des excursions en bus dans le neuf-trois pour les vacances. Je ne connaîtrai jamais tous ces endroits dans le neuf-trois ni ailleurs. J'en profite pour faire un petit tour dans des bleds où je n'ai jamais mis les pieds, où je ne les remettrai sans doute pas. Il y a tant d'histoires qui se racontent dans les banlieues de Paris et que personne ne visite pour de vrai, avant de les raconter. Ou bien des journalistes, les gens de lettres de la classe moyenne supérieure font vite fait leurs emplettes d'histoires dans des endroits où ça se passe. Mais qu'est-ce qui se passe, exactement ?

C'était la fin du printemps. Le temps d'un coup de fil, elle avait laissé ses affaires sur un muret de l'escalier, son blouson et son sac à main, entourée de mômes du S. Elle prenait elle-même les photos pour son petit magazine. Ses affaires, on ne les a pas retrouvées. Les mômes ont repris la manière habituelle, se pointer devant vous et demander : Qu'est-ce qui s'est passé ? Puis de dire : Je sais pas qui c'est, c'est pas moi, je sais rien ! Elle était dégoûtée

* *
*

Quand le bac approche, les profs sont soulagés. Nous nous plaignons tous du surcroît de travail de correction rémunéré en poudre de perlimpinpin, mais on sent quand même dans l'air un truc plus gai que d'ordinaire, pas seulement à cause des vacances d'été. La même chose se passe avec le brevet des collèges. Les élèves sont moins assidus. Ils sont restés chez eux à réviser. Ou bien les terminales SMS viennent en cours pour la biologie ou l'économie familiale, les matières à forts coefficients.

Elles ont apporté des chips et du Coca, Shéhérazade révise avec son petit garçon. Elles ne sont plus tout à fait là. Dans la terminale SMS, les lycéennes font des fiches avec de jolies couleurs. Certaines, je leur dis que le temps passé à faire des fiches est autant de temps à soustraire de leur révision, mais elles ne veulent rien savoir. Si, m'sieur. Faut faire une fiche !

Un air de liberté flotte sur le S. Les élèves côté collège arrivent en tenue de sport, les mains dans les poches, C'est quoi l'activité, aujourd'hui ? Ils ne sont pas très nombreux et ils attendent qu'il se passe quelque chose. Si ça ne leur plaît pas, ils essaient ailleurs. M'sieur, ça va bien ? vous partez où en vacances ?

Que pensent-ils de ces étés, les gamins qui ne partent jamais ? Ils vont au stade ou au centre aéré, restent à la maison avec la console et les frères et sœurs. J'en ai croisé, en juillet, dans le centre commercial de Rosny 2, des filles de troisième, les yeux écarquillés d'ennui, entre deux magasins de chaîne passe-partout. Le maquillage. Le petit sac. Le portable. Dans ses dernières années, ma grand-mère Anna habitait là, près de Rosny 2, dans une tour. Le temps ne passe pas partout de la même façon, évidemment.

Les copies nous sont remises dans de grosses enveloppes scellées. Le cérémonial est le même depuis longtemps ; on les recompte, on signe, on soupire et on rentre chez soi corriger. Chaque enseignant connaît une histoire de copies égarées ou disparues, et au moins deux ou trois histoires de sujets foireux, surtout pour les maths ou la physique-chimie. Aujourd'hui, les copies sont scannées. On doit corriger dans la semaine, je me fais un emploi du temps mais s'y tenir, c'est une autre affaire. Sans me vanter, j'aurai quand même corrigé des milliers de copies. Elles ne sont pas toutes nulles. Loin de là. Ce qui me trouble, c'est à quel point elles se ressemblent. On a dû s'acharner à enlever des cerveaux des mômes la plus petite parcelle d'imaginaire…

Les copies sont la croix du prof, son tourment. Leur nombre explose. Une copine de la fac de Villetaneuse allait chercher les siennes avec son caddie en métro, ligne 13.

– Tu veux que je te paie combien si tu m'en prends la moitié ?

– Euh… Non, merci hein, mais en ce moment je suis vraiment occupé.

Le nombre de copies augmente au même rythme que ce désir d'évaluer à tout bout de champ. La copie justifie le prof, en quelque sorte. Ça le remet au centre, jamais longtemps.

Qu'il faisait beau cette année-là ! Le printemps. La ligne 9. Le RER. La grosse enveloppe de copies et le corrigé modèle, au quart de point près... Je partirai dans une quinzaine de jours. Le temps d'oublier, ou au contraire de ne pas tout oublier, de se rappeler certaines choses. Une copie après l'autre ; on ressent quand même une lassitude, à corriger comme ça. Les écritures très différentes, fille ? garçon ? Les phrases apprises par cœur et recasées au petit bonheur ; ceux qui n'ont strictement rien compris, et les rares qui font ça comme un jeu d'enfant... Puis on va rendre les copies. Les préposées, profs également, les recomptent devant vous, il n'en manque pas. Parfois oui, mais pas aujourd'hui. Ensuite, il y a la réunion pour l'harmonisation. À Aulnay, dans le grand lycée, la prof qui présidait entre deux âges, sympa, nous a dit qu'on avait un problème avec le bac.

– Que je vous explique. Nous sommes 10 % en dessous de l'objectif du gouvernement. On n'atteint pas 80 % au niveau baccalauréat !

Elle avait sélectionné certains dossiers, des élèves à deux doigts de l'avoir, d'autres où c'était impossible, et ceux où ça se discutait. Au début, les profs défendaient ardemment leurs points de vue. Comment rajouter des points à une copie pareille ? J'ai toujours eu du mal avec ce genre de réunions. Je m'y ennuie d'autant plus que, par les fenêtres du lycée Voillaume, on voit bien la cime des arbres. Il y a des bouleaux très hauts près du stade. Les feuilles argentées s'amusent dès qu'il y a un peu de vent. On serait mieux dehors à dormir sur un banc, à boire une bière, allongé dans l'herbe, à lire un livre en attendant de rentrer à la maison. Ça durait ; ça durait... La présidente n'allait pas nous lâcher. Les gens ont commencé à regarder leur montre.

– Mes chers collègues, notre mission nous oblige : nous ne sortirons d'ici qu'après avoir examiné tous les dossiers.

Elle savait y faire. On a fini par voter des points supplémentaires à main levée, fallait pas se gourer rapport aux coefficients. Certains assistaient aux enchères, consternés. La présidente était ravie : on avait bien corrigé. L'objectif ministériel était atteint. Une grande victoire ! Le soleil déclinait sur le chemin du RER. Je suis allé jusqu'à Châtelet, je me souviens, j'avais envie de faire un truc qui sorte de l'ordinaire, un truc exprès pour fêter les vacances, entre moi et moi.

* *
*

Ils viennent d'un petit collège arménien. Je ne sais pas ce qu'il en est aujourd'hui, mais alors il n'y avait pas de lycée pour la communauté, ils devaient passer un examen pour retourner dans le public. Ils portent un uniforme discret. Les filles ont les yeux sombres, un léger maquillage. Les garçons portent une petite cravate noire, une chemisette blanche, et des chaussures un peu abîmées sur des pantalons un peu trop courts. Ballon de football et pierres sur le trottoir, canettes expédiées sur le bas-côté. Ils sourient. Ils sont sympas, avec quelque chose qui a disparu ici depuis longtemps : un genre de fougue, une envie de savoir ce qui se passe de l'autre côté. Il y a beaucoup d'autres côtés. Ils présentent leur liste de textes, de séquences de cours. Ils réussissent haut la main l'examen d'entrée. Ils n'iront plus tous ensemble en cours mais dans différents lycées du neuf-trois ou de Paris. Ils s'attendent les uns les autres derrière la grille, après l'examen. Leurs profs sont venus les soutenir, ils ont sorti des paquets de biscuits de leur sac à dos. Je me dis que leur enfance se termine comme ça… Quand ils vous aperçoivent, ils vous sourient, manifestent leur curiosité, et on se demande si on aura la chance de les connaître mieux, de les revoir, dans une classe ou une autre, ici, ailleurs. Sans doute pas.

X

À la fin des cours, en juin, les profs vident leurs casiers. La plupart du temps, il y a peu de place dans les armoires et on est obligés de rapporter des choses chez soi. Les casiers doivent être vidés pour être à nouveau remplis l'année suivante par d'autres que soi. Nous ne sommes pas si nombreux en F, ces dernières années. Quand Sophie est partie, l'ouvrier d'entretien a monté une grande poubelle à l'étage pour y jeter tous ses cours. Elle a passé beaucoup de temps à faire ça. Elle nous en a proposé, des cours tout faits, bien faits, et ce devait être un crève-cœur pour elle de tout jeter à la benne. J'en ai accepté quelques-uns pour lui faire plaisir, je devrai les jeter quand je partirai. Ça m'inquiète à l'avance. Au bahut à Reuilly-Diderot, j'ai remisé des tas de cours un peu partout, et pas que des cours, dans différentes armoires, dans différentes classes.

Celui qui débarrassera les armoires de la 211 et surtout de la 313 sera déjà un autre, et ça me fait un peu peur de ne pas le connaître. Comme si c'était déjà un autre moi. Ou si comme moi, j'étais déjà quelqu'un d'autre.

J'aime les salles des profs vides en fin d'année. On sent toute une histoire de copies oubliées, de livres de cours usés, de prospectus, emplois du temps, convocations qui ont fini à la poubelle. Les ordinateurs ne marchent pas. La poussière s'est déposée. On voit mieux la lumière quand la salle des profs est déserte. Oui, il y a cette poussière très fine en suspension et parfois le bruit de la rue en été. On croit entendre des rires entre les klaxons et les sirènes. Il y a de plus en plus de sirènes. Les rares profs qui passent regardent le tableau de liège où des affiches caduques restent punaisées toutes les vacances. Certains les enlèvent ou semblent les découvrir. Les choses sont déjà un peu oubliées.

D'autres profs plus acharnés que moi continueront pendant l'été de nourrir la boucle WhatsApp de questions pour la rentrée (déjà !), de nouvelles de l'ÉducNat, voire de leurs photos de vacances.

Je ne me rappelle pas comment ça se fait, pourquoi j'étais seul dans le bahut, en juillet, salle des profs à Reuilly. Par les baies vitrées, quand on regarde un bon moment, on devine à leurs pas les gens qui sortent seuls et se demandent quoi faire. Ils regardent comme des étrangers cet endroit où ils vivent jusqu'à ce que vienne l'été. On n'est jamais que de passage ici, en vrai. Un long passage, dans mon cas. Je me demande bien comment. Ça avait commencé par hasard. Je cherchais un travail, j'avais lu beaucoup de livres à New Orleans et à Santa Monica, eu le CAPES par correspondance. J'avais travaillé dans la presse en tant que correcteur. Je n'ai jamais cherché à me distinguer en travaillant. Je voulais seulement écrire des livres, ceci me vient de loin. Les livres c'est fait ; le reste, je ne m'en souviens plus ou plutôt j'essaie de ne pas trop me rappeler.

* *
*

Le principal remplaçant court partout, avec ses cheveux rasés, ses lunettes de soleil sur le haut du crâne. Il a l'air de ne pas être du genre à se laisser déborder, sauf qu'au bout d'une semaine, certaines collègues se sont rendu compte qu'il parle aux profs et aux élèves de la même manière. Il risque de finir l'année ici, et ça pourrait être assez compliqué dans les dernières longueurs. À l'heure du déjeuner, il vient nous parler à la grande table quand on préfèrerait rester tranquilles. Il ne semble pas s'en soucier. Il ne bouge pas d'un iota, après tout, c'est le chef. Le chef n'est pas toujours comme on l'espère, mais c'est lui qui décide… Il fait un peu penser à ces voyageurs de TGV qui prennent une place assise pour leur valise, l'autre pour leur sac à main, leur portable et leur ordi. Vrai : depuis une dizaine d'années, ils ont lancé la mode des réunions sur la pause déjeuner, on tient son sandwich d'une main et son stylo de l'autre, ou son dossier. Je fais partie du groupe des gens qui pensent qu'on ne parle pas la bouche pleine. Il confronte brutalement ceux qui lui disent que nous ne sommes pas d'accord pour les heures supprimées, les conséquences sur les demi-groupes, les enfants qui ont des besoins particuliers, les élèves handicapés. David, à qui j'ai demandé son avis, met ça sur le compte du manque de confiance en soi. Élise pense grand mal de lui… Je n'en sais rien. Je voudrais continuer à n'en rien savoir.

Le principal passe et repasse dans la rue, il promène son chien, regarde devant lui, comme, dans un parc, on marche en se récitant quelque chose. Il habite un appartement de fonction tout à côté, son chien est bien soigné. Peut-être un épagneul breton ? Il me donne envie d'écrire une histoire à la noix. Pourtant, je ne dois pas me laisser distraire par la fiction. Il m'avait déjà fait de la peine à le voir comme ça, avant son congé maladie. Il a l'air souriant, mais verrouillé de l'intérieur.

En attendant, c'est décidé : je mourrai en dormant comme un vieil enfant, en 2055 au bas mot. En attendant, un jour, je n'irai plus à leur école, dans pas longtemps, mais là, punaise, je suis tellement fatigué !

Deux jours avant la fin des cours pour les vacances de février, une nouvelle élève a débarqué en 5e 2. Larissa a l'air d'avoir de la ressource. À peine arrivée en cours, elle s'est relevée de son siège comme un ressort.

– C'est trop sale ici, ça me déprime !

Elle a décidé de passer le balai, de ranger les tables, puis elle est retournée s'asseoir…

– C'est mieux comme ça non ?

– Merci Larissa…

Trois minutes après, elle se levait pour s'expliquer avec le petit Saïd, haut comme trois pommes, qui lui aurait dit une insulte, ou était-ce Mohamed, un garçon plus grand que les autres, et qui a bien du mal en cours ? Elle porte un survêtement rose Nirvana, elle est carrée, des petits yeux noirs un peu enfoncés… Elle vient d'un autre collège. Ils ne vous disent pas pourquoi. Il faut des semaines pour avoir ce genre de précisions. Il faut attendre que l'élève fasse des siennes. Pourquoi ? je ne sais pas. C'est un peu comme si on découpait les élèves en morceaux, aux profs revient la pédagogie, en tout et pour tout.

Bref, Larissa était vraiment très remuante dès le premier jour. D'ordinaire, les élèves inscrits en cours d'année mettent quelques heures à faire l'état des lieux, à se chercher des complices ou des camarades avant de nous montrer ce dont ils sont capables. Je l'ai envoyée, avec Awa, voir la principale adjointe en lui adressant un message sur l'ordi, elle me l'a renvoyée direct.

Larissa a alors sorti son grand déodorant, son peigne pour cheveux crépus et sa mousse pour les faire tenir, elle a décidé qu'elles avaient coiffure, Awa et elle. Par chance, on n'était pas loin de la fin de l'heure et je n'ai pas eu le courage de confisquer leur matériel. Je ne suis pas monté pour savoir d'où elle venait, si elle avait été virée, ou si elle avait déménagé, ou je ne sais quoi. On verra plus tard. Ou pas.

Certaines profs se sont vraiment démenées pour que ça marche : nous avons refusé le conseil d'administration. On est de plus en plus dans le jeu de rôle. Le personnel de direction récite le discours du rectorat et les profs font remarquer l'ensemble des difficultés supplémentaires. Tout le monde récite sa leçon. L'inspectrice de vie scolaire est venue avec le technicien pour prouver à quel point nous étions bien traités, par rapport à d'autres collèges. Des graphiques ont circulé, un parent d'élève futé a trouvé des erreurs de calcul qui expliquaient la différence de traitement entre ce bahut et les autres. On allait bien se faire avoir, sans lui. On va se faire avoir aussi avec lui. L'inspectrice a fait remarquer qu'il était de notre devoir de participer, nous aussi, au redressement des comptes de la nation. Elle nous l'a dit sans rire, à froid. Personne n'a relevé. Punaise.

Il y a peu d'années encore, les gens du rectorat et les directions des bahuts nous expliquaient sans ironie que nous étions privilégiés. Quand arrive la question du salaire, on nous parle de l'importance de notre mission. Si les profs demandent de l'aide pour ladite mission, on leur répond qu'ils sont privilégiés. Oui, mais alors les salaires ? On n'en sortira sans doute pas.

Par chance, ce sont bientôt les vacances de février, c'est toujours juste avant les vacances qu'on croit que tout va exploser, mais, en fait, on est simplement en vacances deux semaines. Pour ma part, ce sera Marseille et Montpellier, où habitent mes enfants. Certaines, qui ont des époux dans le secteur privé, et les moyens, s'envolent pour la Namibie, les sports d'hiver, la Guadeloupe, l'Inde... D'autres se contenteront d'une semaine dans leur famille, à la campagne, en Normandie. C'est bien comme ça. Je dois dormir, dormir et encore raconter.

* *
*

– Bonjour monsieur, elle a juste murmuré.

Une jeune Africaine en caban, les traits fins, sans maquillage. Je n'en reviens toujours pas. J'ai cru reconnaître une élève du lycée de Bondy en voyant cette jeune femme qui tendait la main près de la Poste, gare de Lyon. Elle avait une grande valise rouge en plastique qu'elle faisait rouler à côté d'elle. Je sortais de la banque juste à côté ; elle est venue avec un grand sourire. Je me suis laissé prendre ; je n'avais pas moins de vingt euros à lui donner.

– C'est pour prendre ton train ?

J'ai fait les questions et elle, très intelligemment, ne m'a répondu qu'en hochant la tête, ou en souriant...

– Tu vas loin ?

Comme un imbécile, m'étant persuadé de l'avoir eue en classe, j'ai rajouté un peu. Elle m'a souri, m'a serré la main. Elle a eu un sourire charitable comme quand, j'imagine, on trouve un pigeon qui roucoule si facilement. Elle avait la main froide, la peau fripée des gosses qui ont souffert de saturnisme, j'en ai eu quelques-uns. Elle a fait demi-tour après un dernier sourire. Bien sûr, je m'étais rendu compte entre-temps que j'avais inventé cette ancienne élève, car il n'y avait aucune bonne raison qu'elle n'ait pas dit un traître mot pendant tout le temps que nous sommes restés ensemble, ni en français ni en anglais, devant le Crédit Agricole de la gare de Lyon. Pas grave. J'étais content de l'avoir dépannée. C'était mon cadeau de vacances.

Puis, quand je suis rentré dans le hall des départs de la gare de Lyon, sans raison, sinon que je ne peux pas m'empêcher de rentrer dans une grande gare dès que j'en vois une, je me suis rendu compte que j'étais au bord des larmes pour tout un tas de bonnes et de mauvaises raisons. Je suis sorti de la gare par le sous-sol, je voulais rejoindre Nation et vite rentrer chez moi. Sur le trottoir, des jeunes filles des bahuts du coin portaient des petits bouquets, ou des roses à l'unité, c'est la Saint-Valentin. En cours, des gamines m'ont demandé si j'avais une valentine, ou alors un valentin, enfin, si j'avais quelqu'un.

– À ton avis ?

– Euh… Rosa a fait la moue. Ben… je sais pas, m'sieur.

Elle s'est tournée vers sa copine Kaina. Il est maqué le prof ? La copine n'a pas répondu. Bref, pas question de travailler pour le dernier cours avant les vacances.

XI

Il est revenu me voir il y a quelques nuits. On rencontre parfois des gens peu ordinaires, on oublie de les saluer de leur vivant, quand c'était encore possible. Ou bien on ne sait pas dire les choses, les formuler.

Il fumait des Gauloises, il devait en fumer depuis le lycée. Sa famille venait d'Algérie. Dans la salle des profs, côté fumeurs, il était toujours là avec sa cigarette, il connaissait bien son sujet : l'histoire. Il devait lire beaucoup sans la ramener. Il réfléchissait à des choses, s'occupait de ses enfants. Il avait un reste de cheveux longs. Toujours accueillant, toujours à dire bonjour en souriant, à voix basse. Tu vas bien ? Juste le plaisir de rester à côté de lui dans l'atmosphère trop enfumée de la salle. Je n'ai pas souvent parlé avec lui. On passe souvent du temps à se souvenir de conversations avec ceux-là, comme si ces paroles avaient plus d'importance. Il était au courant de l'actualité, des questions géopolitiques, qu'il n'évoquait pas. Mais il hochait la tête, oui, ça il avait lu, ça il savait. Il lisait tout ce qui sortait sur les sujets importants, sans le montrer, sans laisser traîner le livre sur la table de la salle des profs, sans formuler d'avis autorisé. Il avait une vieille sacoche pour ses cours, il devait déjà la trimballer pendant ses années d'étudiant. C'est le genre de vieille sacoche qu'on doit porter sous le bras, pas par la poignée. Il y a deux genres de profs, les profs à sacoches à bout de bras et les profs à sacoche sous le bras, ce ne sont pas les mêmes. Et puis : une invasion de profs avec des sacs à dos. Daniel ne faisait pas partie des bavards. Il y a vraiment des bavards et d'autres non.

Elle était plus jeune que lui, peut-être d'une petite dizaine d'années, mariée, comme lui, chacun de son côté. Ils se sont rencontrés dans la salle des profs, elle toujours souriante, enthousiaste. Le bonheur qu'ils se donnaient l'un à l'autre avait tendance à se remarquer, à irradier. Je crois me souvenir qu'elle fumait, mais beaucoup moins que lui ; et elle ne se rendait pas dans la salle fumeur, où c'était vraiment irrespirable.

Tout près, il y avait un petit jardin, si on peut dire « jardin », sans plantes ni arbres. On devrait plutôt parler d'une mini-cour en gravillon. Au printemps, on pouvait y mettre quelques chaises.

C'était la guerre entre les profs de la salle fumeurs et les autres, les premiers reprochant aux autres de ne pas se marrer, de ne parler que d'élèves, de programmes et d'administration. Il y a toujours un rideau de fer quelque part, entre les gens.

Elle, elle était souriante, vraiment souriante et ouverte, épanouie. Elle passait ce rideau de fer sans se soucier. Je crois qu'il avait beaucoup d'humour, d'autant plus avec elle. Elle mordait la vie à pleines dents, en souriant, si vivante.

Quand leur histoire s'est terminée, il a dû vivre un grand chagrin. Elle aussi, mais différemment. Je le voyais tapi dans la salle fumeurs. Il a dû rester là souvent, seul, dans la salle fumeurs. C'était vraiment un type bien.

Ce matin, je l'ai aperçu en me réveillant qui écrasait son mégot de Gauloise et se relevait péniblement, pour partir à l'étage, encore une fois, on s'est dit bonjour et quand j'ai voulu lui demander de ses nouvelles, il avait disparu.

* *
*

Pendant ces vacances de février, je perds bien trop de temps à suivre les actualités sur Bétharram, les internes maltraités pendant une cinquantaine d'années. Et comme toujours, personne ne sait rien. Je viens moi aussi des internats des écoles chrétiennes, il y a bien longtemps de cela. Il se trouve qu'on se reconnaît entre nous, de temps en temps, sur certains sujets.

J'avais douze ans. On l'appelait Le Breton. Il nous surveillait dans le dortoir des sixièmes. Il y avait aussi L'Apache, qui avait les joues très rouges (d'où son surnom) et conduisait une moto, une grosse Honda. Le Breton portait les cheveux mi-longs, une moustache, il jouait de la guitare. Il mettait un tee-shirt blanc quand il faisait beau. On devait marcher peut-être une dizaine de minutes soir et matin pour rejoindre le « château », là où on dormait. C'était en fait une grande maison bourgeoise pas ravalée, aux fenêtres non jointives, aménagée en dortoirs. L'Apache ou Le Breton marchaient avec nous. Dans mes souvenirs, jamais aucune voiture ne passait sur cette route entre le bahut et les dortoirs. On prenait deux douches par semaine. Prendre une douche, en sixième, était pour moi un supplice. Ça faisait deux supplices par semaine. On les prenait tous ensemble, par groupe de huit, on devait se mettre nus, on avait froid, les commentaires allaient bon train. Les plus dégourdis claquaient leur serviette sur le cul des autres. Le claquement de la serviette me faisait penser aux petites piqûres des lanières du martinet d'avant. Au début, Le Breton attendait que ça se passe. Tout le monde devait prendre sa douche.

– Fabre, à la douche, déshabille-toi. Le slip ! Allez !

Il cognait quand ça le prenait, à cause de ma difficulté à prendre des douches devant les autres. Il tenait lui-même le jet, s'énervait quand il se mouillait. Une fois, il a failli craquer et il a balancé son trousseau de clés d'internat sur le sol. Il a cassé le trousseau. Les autres s'amusaient à jeter le savon. On devait se baisser pour le ramasser. Le sol glissait, évidemment. Il y avait aussi les lits en portefeuille. Les « bites au cirage ». Quand ça vous arrive, vous braillez, vous suppliez, les autres rient, ensuite vous chialez longtemps, tout seul. Vous attendez pour vous laver si possible à l'évier, bien après l'extinction des feux, en suivant l'écriteau lumineux de la sortie au-dessus de la porte du dortoir. Un de vos voisins de lit vient vous consoler, qui prendra sur lui d'être de votre côté.

Toutes ces histoires qu'on n'oublie pas. Monsieur Rassin portait des moustaches noires, fines et luisantes. Il arrivait dans sa DS grenat avec ses jumeaux. Monsieur Rassin était un enseignant de français laïc et absolument sadique. Costume gris pied-de-poule et cravates rouge, ou bleu ciel pour la fantaisie, et cheveux courts sur la nuque. Ses jumeaux étaient sa réplique en petit. Monsieur Rassin nous mettait en panique dès le lundi matin. Un jour, il a frappé Fabrice à coups de poing parce que Fabrice avait du mal à retenir ses leçons. Il paniquait trop pour les dire devant lui. Le silence était glaçant entre les coups. Fabrice saignait du nez, la pommette enflée, l'arcade sourcilière ouverte. Monsieur Rassin avait oublié de retourner le chaton de sa chevalière. Fabrice a pleuré longtemps, puis il a gémi.

– Monsieur, a demandé l'un d'entre nous, on peut emmener Fabrice à l'infirmerie ?

Monsieur Rassin a dû se rendre compte qu'il l'avait vraiment amoché, je me rappelle de l'air préoccupé qu'il a eu, un instant. Il a hoché la tête.

– Molinier, vas-y.

Il a claqué des doigts vers la porte. Il a dû avoir peur que ça se sache, peur pour sa réputation, son boulot, son crédit, pour sa voiture, sa place à l'église, les entraînements de rugby du mercredi et du samedi, et les matches du dimanche. Fabrice a changé de place après ça. Comme il était plus grand que nous, il est allé au fond. Il ne pouvait plus parler en cours de français. Il ne pouvait plus parler pendant les cours. Il bégayait. C'était mon ami. Certains élèves ont dû raconter ça chez eux, mais il ne s'est rien passé. Je n'ai jamais raconté ça chez moi. Et monsieur Rassin a continué ses cours, ses coups, ses entraînements, ses gnons.

Ses fils se battaient avec les internes à coups de pierre. Puis remontaient sagement dans la DS de leur papa.

Les externes étaient plus joyeux que nous. Leur vie était bien différente. Ils avaient moins peur du bahut. Ils avaient moins peur de la nuit, de la douche, des toilettes.

Il y avait aussi le frère Armel, qui gardait ses élèves préférés après le cours de musique. Le frère Armel aimait trop les enfants.

Je n'ai plus de nouvelles de Fabrice depuis longtemps. Je sais qu'il a voulu partir très loin pour tenter d'oublier les désastres de son enfance. La dernière fois que j'ai eu de ses nouvelles, il vivait au Vietnam. On se tient encore au courant de temps en temps avec Seb et Dominique. Je n'ai pas eu beaucoup d'amis dans ce premier internat, ma mère m'a mis ailleurs après que je suis revenu avec des bleus sur le corps et sur le visage, les vêtements déchirés. J'ai, nous avons tous, notre besace pleine d'histoires comme ça.

En fait, parfois, ils nous dégoûtaient tous sauf lui, le père Deville. Il était maigre, il fumait des Gauloises pendant les cours, la cendre tombait par la fenêtre ou sur l'estrade. Sa veste bleu nuit sur un col roulé blanc, ou bien une chemise fermée jusqu'en haut pendant les beaux jours. Il nous faisait beaucoup lire. Il ne nous bassinait jamais avec son dieu. D'ailleurs (et ça nous plaisait bien), une femme âgée (c'est-à-dire pour nous d'une quarantaine d'années peut-être) venait parfois l'attendre en 2CV derrière le mur du bahut. Il nous lisait des poèmes. Il parlait souvent dans un brouhaha complet et il lui arrivait de piquer des colères quand on passait les bornes. Mais on aimait bien ses colères aussi : scories, bacilles puants, merdeux petit-bourgeois, véroles ! Quand il était lancé, il nous agonisait trois ou quatre minutes d'affilée. Puis, le souffle coupé, il devait rester tête baissée à son bureau, sur l'estrade. Il tapait à la machine les annotations de nos rédactions, les agrafait à la copie. Je travaillais beaucoup mes rédactions. Ce cher père Deville. Il se déplaçait à pas lents, comptés, le souffle court. Il n'avait pas l'air de fréquenter les autres profs, il devait avoir du mal à leur parler. Il rejoignait la petite dame au chignon dans la 2CV, après les cours. Est-ce qu'il lui parlait de nous ? En rêve, je l'ai vu souriant à côté de la conductrice, la cigarette aux lèvres, sa sacoche noire en travers des genoux.

* *
*

Je ne m'attendais pas à rencontrer Ariel à la gare de Niolon, la calanque après l'Estaque.

– Oh, tiens, *mister* Fabre !

C'est lui qui m'a reconnu.

– Bonjour, Ariel, ça va ?

– Mais qu'est-ce que vous faites là ?

Je l'avais l'année d'avant. Je l'ai eu trois ans d'affilée à Reuilly.

Il est maintenant en seconde dans un bon lycée parisien. Il parle anglais, sa mère est anglophone, si je me souviens bien. Il avait fait son stage de troisième à France Inter, les profs s'étaient enthousiasmés. Il avait interviewé des journalistes de la station, nous avait mis un QR code pour qu'on puisse écouter sur nos téléphones ses questions, leurs réponses. Ils ont mis un oral à cent points au brevet des collèges. C'est le gamin brillant de bonne famille, qui joue de la guitare, part en vacances en famille à l'étranger.

Ces dernières années, il avait les cheveux teints en bleu, là il se les était fait couper court. Ça lui va bien. Tout lui va bien. Il est né sous une bonne étoile. Il y en a aussi des comme ça, à Reuilly. Mais pas que.

Pour les oraux du brevet certains élèves bafouillent, ont juste envie de fuir, de louper leur épreuve exprès, pour s'en aller, ils ne savent pas comment on se tient, comment on fait. Personne autour d'eux ne peut vraiment leur expliquer, leur donner un exemple. À l'écrit, les différences de classe se lisent moins facilement. Les résultats aux équations sont les mêmes. Pourtant, en haut-lieu, on a décidé de donner de l'importance aux prestations orales des gosses pour la mixité sociale.

Au revoir, monsieur ! Il a repris son téléphone. Je l'ennuyais sur le quai de la petite gare de Niolon.

C'est amusant : j'ai reçu la même semaine un mail d'Amy des États-Unis ; je l'avais aussi en troisième, il y a treize ans (c'est elle qui me le dit). Elle travaille pour Microsoft, vit dans l'État de Washington, elle n'a pas d'enfant.

Ça m'a fait bien plaisir de lui répondre, de m'adresser à une jeune femme mariée qui regrette Paris chaque jour mais n'y reviendra sans doute plus… Elle avait déjà seize ans en troisième. Ses parents étaient des immigrés vietnamiens. Seattle est un des endroits que je préfère aux États-Unis. Elle me parle de la pluie, de la pluie de Seattle. Il y pleut toujours autant. Quand je me rappelle de Seattle, je perçois la rumeur de l'autoroute, ils partent très tôt là-bas pour aller travailler. J'ai tellement aimé cette ville. J'ai failli être adopté là-bas. J'ai gardé la lettre de Barbara. *Bill says Hi.* Son mari l'avait signée aussi, de son écriture maladroite, empêchée.

Depuis mes dix-sept ans, ma vie a été pleine d'allers-retours et de courriers entre la France et les États-Unis, avant de me retrouver prof ici. Comme quoi. Je raconterai un jour, si j'ai le temps, mes chers faux parents de là-bas.

* *
*

Quand je suis arrivé à Reuilly, j'avais des enfants en bas âge. En face du bahut, c'était d'un côté la grande caserne de Reuilly, pour les gendarmes et, de l'autre, vers la gare de Lyon, les pompiers. Ce bahut situé dans la zone bobo du douzième accueille aussi les familles des anciens Maliens de Vincennes, hébergées dans les hôtels de jours. Les élèves partagent la même classe, mais c'est tout ce qu'ils partagent. Ils ne se parlent pas, ne se fréquentent pas et ne se fréquenteront jamais. Rares sont ceux qui franchiront la frontière. Il y a plusieurs sortes de frontières qu'ils ne franchiront pas, ou presque jamais. Selon les profs, ça s'est accéléré avec la transformation de la grande caserne en logements sociaux et en appartements à vendre plutôt chers.

Les familles d'origine africaine qui sont arrivées changent un peu la physionomie du bahut. Il y a plus d'élèves, moins d'options. Je n'ai plus la chance d'enseigner par petits groupes de vingt élèves qui commençaient l'anglais en quatrième, avec une assistante pour trois heures d'affilée.

On voit souvent l'adresse du 107 rue de Reuilly, grand immeuble du coin, quand on cherche à se renseigner à propos de tel ou tel élève. Il y a de très grandes différences entre les familles logées là, au 107. Cette grande caserne réhabilitée a bien modifié le quartier : accès à la propriété, cages à lapin pour étudiants, loyer modéré qui ont fait arriver pas mal de gens et des élèves différents.

Il y a toujours trop de boucan dans les bahuts, et celui-ci en particulier. Parole, on dirait que l'éducation nationale choisit souvent les pires architectes de la planète.

Salle 313, c'était un autre monde pour moi. Pas nouveau pour autant : je n'étais pas loin de la salle de madame Levert, la prof d'anglais de la 312. Tout le monde, profs, élèves et administration, avait un peu peur d'elle. Il ne fallait pas rentrer dans sa salle. Sa couleur, c'était le gris, toujours en chasuble, cheveux courts, gris également. Madame Levert va se plaindre si elle entend un bruit pendant son cours dans une autre salle. Elle a une grosse bague, un truc d'artisanat : sa seule fantaisie. Quand un cours se termine, elle va d'abord aérer la salle. Puis elle ferme les fenêtres et fait rentrer ses élèves, bien en rang. Punaise ! je n'aurai jamais réussi de ma vie à faire rentrer en rang si rangé des élèves.

Si la 312 a été utilisée par un autre prof, elle l'inspecte et, si ça ne lui convient pas, elle va faire son rapport à l'administration avec le nom du coupable qu'elle aura repéré sur l'emploi du temps général. Le principal vient demander au prof ce qui s'est passé dans la salle de madame Levert. Il y va peut-être à reculons mais il y va quand même. Une fois ou deux, j'ai dû l'accompagner pour constater une tache d'encre, en effet, ou un papier par terre…

Madame Levert crée ses propres grilles de compréhension orale et fait sans doute les meilleurs cours de l'Est parisien, elle emmène chaque année ses élèves en Angleterre en autocar, conserve ses archives dans des dossiers de couleurs. Elle a tendance à choisir ses classes, avec tous ces garçons bruyants, faut dire, elle voudrait quand même éviter… Elle a une vieille maman, seule et malade comme peuvent l'être les vieilles mamans. Elle est presque unanimement détestée. Moi, plus ça va, plus je sens sa fragilité, son corps fatigué, et puis cette maudite agrégation qu'elle n'a pas eue, qu'elle n'aura pas, parce qu'elle ne rentre pas du tout dans les grilles. En fait, il est possible d'apprécier madame Levert à condition de ne pas être dans sa salle, de ne pas convoiter une classe qu'elle veut, de ne pas lorgner sur ses options anglais renforcé… Beaucoup de « ne pas ».

De l'autre côté, la 314, c'est différent. J'entends beaucoup crier. Madame Lollipop est prof de lettres, ne se laisse pas faire, et n'a peur de personne. Ses cheveux courts sont teints en rouge. Elle fait de la danse africaine, du yoga, de la peinture sur soie, de la rando pédestre, de la gym rythmique, du théâtre d'improvisation, de la zumba, des mots croisés et des rapports saignants sur les élèves qui se tiennent à carreau.

C'est quand même pas sa faute si ses rapports tombent toujours sur des élèves maghrébins… Elle a de forts soupçons : les tables ont dû être déplacées puisqu'elle s'est cognée à la hanche en fonçant vers le fond, où Mourad farfouillait dans sa trousse avec sa sarbacane en Bic : un genre d'attentat personnalisé. Elle a un bleu géant ! Qui a déplacé la table pour lui faire du mal ? Elle ne lâchera pas l'affaire.

Sandra Médioni, elle, est extrêmement élégante. Elle vient de Corse, porte des talons rouges, des robes ou tailleurs de marque. Pense qu'il fait toujours trop froid, décide un jour de ne s'occuper que des sixièmes, où elle sait se faire respecter. Elle dit non à tout ce qu'elle ne veut pas. C'est une excellente pâtissière, avec un brushing impeccable, et un (vrai) vison l'hiver. Mais il ne faut pas l'emmerder. Quand elle se met à sourire, à regarder ses ongles, quand elle tapote avec ses bagues en grimaçant, on sait que le moment est venu de l'écouter. Elle est fâchée pour quelque chose. Elle me fait marrer.

Dans la 313, c'est souvent compliqué ! J'ai des élèves qui se battent. S'il en manque, ça se passe mieux. Parfois, les après-midis sont dangereux, surtout le vendredi.

Certaines filles, à treize ans, sont habillées et maquillées comme des jeunes femmes, sérieuses et soucieuses de réussir. Les garçons, on dirait souvent qu'ils ont juste envie de sortir et de se dépenser. Ainsi Miroslav, qui vient de Serbie, qui arrive en cours après la sonnerie, rentre en courant dans la classe, s'assied près de son ami Mohamed, un gosse du 12, au sens 75012, un vrai de vrai. Ses parents sont marocains. Miroslav est toujours en sueur, en tee-shirt été comme hiver, il n'a jamais froid ; il fait déjà la guerre dans sa tête. Il pique des crises et se lance dans des diatribes : Je vais protéger l'Occident, m'sieur ! Il a une tête de plus que moi quand il quitte le bahut. Je ne vais pas nous laisser envahir par la racaille ! Mohamed, qui se balance à côté de lui, sur les deux pieds arrière de la chaise, hoche sentencieusement la tête : son copain Miroslav a raison. Le lundi, Miroslav a si bien défendu la race blanche au coin de la station Reuilly-Diderot, à dix contre un, que quand il vient s'asseoir, c'est avec les yeux au beurre noir.

– Comment ça va, Miroslav ?

– Ils étaient dix, ces lâches, ces salauds !

Il me répond sans relever la tête, avec un air de tragédien de film muet.

Quelques années plus tard, dans une rue en sens unique, deux énergumènes sortent d'une voiture au feu rouge.

M'sieur Faaabbbbre ! Ils sont tout joyeux, et je suis content de les voir, Miroslav et son copain.

Miroslav a les yeux un peu plus enfoncés qu'avant on dirait. Il est passé par les chasseurs alpins et par l'Afghanistan. Momo n'a jamais quitté Paris, lui. Il est dans la serrurerie. Les voitures derrière eux commencent à s'impatienter. Visiblement, ça leur déplaît, mais Miroslav n'a plus envie de se battre. Il en a trop vu là-bas, en Afghanistan. Son frère d'armes est mort à côté de lui. Au revoir, monsieur Fabre, il me tend la main, les yeux enfoncés dans les orbites, noirs. Il est gradé dans les chasseurs alpins. La vie est une affaire sérieuse, en fait. N'empêche, le type de la voiture derrière la leur a juste le temps de rentrer derrière son volant, il a manqué s'en prendre une. Ils me font rire. Je me souviens qu'en troisième, Mohamed, qui fait du karaté, se levait parfois pour jeter un regard méchant – et un début de sourire – aux bavards. Vous pouvez y aller, m'sieur, je les ai à l'œil, ils écoutent maintenant !

Parfois il y a des petits miracles mais, la plupart du temps, il faut juste répéter, répéter encore et trouver de nouvelles manières de répéter, c'est tellement bizarre à force, de toujours répéter.

* *
*

Elle fait un peu peur aux autres. Elle les inquiète vaguement. Je ne sais plus pourquoi, cette année-là, ils sont moins de vingt dans sa classe. Ils lui parlent doucement, essaient d'être gentils. Elle leur fait un peu peur parce qu'elle a déjà essayé de se suicider, pas un faux suicide, un vrai. Elle ne montre pas ses poignets. Parfois, elle ne va pas bien et reste là, cachée par ses cheveux noirs, puis roux, teints au henné. Elle s'assied le dos collé au mur. Elle se protège comme ça. Avec ses longs cheveux pour cacher ses yeux. Elle a suivi les cours à l'hôpital l'année passée. En fait, elle a surtout écouté plein de musique, elle adore les chansons de Johnny Cash.

On pourrait faire des chansons de Johnny Cash ? Alors on y va, on fait plein de chansons de Johnny Cash. Les élèves me regardent, qui c'est ce prof, qui c'est ce mec-là d'abord, Johnny Cash ? Mais bon, au bout de quelques heures, la plupart sont à fond, en tout cas ils essaient, et puis ils changent d'avis. On aura fait un mois de chansons. Bon, on fait quoi maintenant ? On fait des poèmes. On rejoue des scènes de films. On fait des choses qui n'ont qu'un lointain rapport avec l'acquisition d'un niveau A2, B1, B2 ou je ne sais quoi.

Elle part au bout de quelques mois. Elle a rechuté. Les élèves ne savent pas où elle est. Ils veulent lui envoyer une carte. On refait Johnny Cash, m'sieur? Mais ça ne marche plus, sans elle on ne peut plus. On reprend les cours comme avant. Pourtant, ce qu'ils ont fait pour elle, ou avec elle, cette année-là, les mômes aiment bien.

Les réunions de parents font souvent penser aux comptoirs des cafés, où le prof serait le serveur, la patronne à sa caisse, et le clochard impécunieux derrière la vitrine du bar. Parfois, ça se passe bien : on s'en sort avec quelques pirouettes, vagues conseils mais, d'autres fois, on passe vraiment un sale quart d'heure. Et puis, surtout, ça dure longtemps. Souvent les gens disent je travaille tard, vous savez, avec un petit sourire… Non, on n'a pas envie de savoir la plupart du temps, on a juste envie de courir vers la sortie. Mais on ne peut pas.

Elle s'appelle Asa. Sa mère, une jeune femme bobo+ sur ses talons, arrive en scooter et pique direct une énorme colère, fait de grands gestes avec son casque, me traite de nullard et pire, cogne son casque sur la table de classe entre nous deux. Je pense que nous devrions arrêter là, madame. Je contiens mal mes tremblements. La principale nous a bien vus du couloir où elle passait, mais n'a pas fait attention. Je trouve que c'est bizarre, de ne pas faire attention à ce point-là. Le lendemain, Asa et ses copines m'attendaient à la porte de la 313, Asa est venue pour s'excuser. Ma mère est folle, m'sieur. Je vous jure, elle pique des crises comme ça, elle est folle, c'est pas moi !

Je n'ai pas dormi de la nuit.

– Mais pourquoi, Asa ?

– Parce qu'elle veut que j'ai 19 ou 20, 17, c'est pas assez pour elle. Elle est folle, c'est pas moi je vous promets…

– D'accord, Asa.

Delia est venue de Tourcoing où elle travaille en intérim. Tourcoing est loin de Paris, qui est loin du Sénégal où sont restés les parents. Leur tante, qui habite à côté et chez qui loge Ibrahime, n'a pas pu assister à la réunion, elle travaille dans le nettoyage, en horaires décalés. Ibrahime ne fait rien. Ibrahime est très grand et mince. Il se tient toujours le dos bien à plat sur le dossier, basculant sa chaise sur deux pieds. Ibrahime regarde constamment par la fenêtre. Il aime jouer au foot et ne parle pas le français très souvent. Il le connaît, ne le lit pas vraiment, personne ne lui a appris. En somme, il n'y a aucune raison pour qu'Ibrahime ne soit pas dans une classe de nouveaux arrivants. Il veut réussir dans le foot. Chez lui, il n'y a pas du tout d'argent. Delia est à Tourcoing, leur frère aîné chez un oncle à Gonesse avec deux frères, les autres sœurs avec la tante ou dans les hébergements d'urgence du quartier. Parfois, les enfants blancs des familles bobos habitent dans la même impasse que ceux des hébergements d'urgence, qui sont souvent pérennes. La vérité est que je ne sais pas quoi dire, ni à Delia ni à Ibrahime qui me regarde sans avoir l'air de me voir, sans avoir même l'air d'être là, et qui n'attend qu'un mot pour déguerpir. Il faut qu'il demande de l'aide, il faut qu'il apporte son cahier, qu'il aille à l'association pour l'aide aux devoirs, je n'ai pas de conseils à donner à part ça.

Lui il arrive avec son casque de scooter sous le bras. Il retire devant moi son habit pour la pluie et dessous un costume noir cintré, des mocassins rouges.

– Ma femme est déjà passée ?

– Bonjour monsieur. Vous êtes le père de quel enfant, s'il vous plaît ?

Il s'assied, il ouvre son blouson. Une cravate rouge sort de sa poche. Je vous écoute ; vous êtes le père de qui ? Excusez-moi, mais je pense qu'on ne s'est jamais rencontrés...

– Je suis le père de Samy. Mais ma femme a dû passer.

Ils sont divorcés.

– Ah non pas encore.

– Alors, Samy ?

Il a l'air un peu blasé.

– Samy, ça va tranquille, disons, il fait le minimum, mais c'est ok.

Il hoche la tête, se rapproche de moi. Il a des soucis avec lui à cause de son ex-femme. Je serre les lèvres. Je sens que ça ne sert à rien d'essayer de l'interrompre. Puis, au bout d'un quart d'heure, il en a terminé. Il fait beaucoup de choses avec son fils, trouve le temps de se tenir au courant ; car sinon, il ne saurait rien sur lui.

– L'anglais c'est important, il conclut.

Oui monsieur, je hoche la tête. Oh que oui.

– Vous voulez me rendre service ? Ne dites pas à ma femme que je suis passé.

– Bien monsieur. Bonne soirée.

Parfois, on rencontre aussi des familles heureuses, on dirait. Ces gens parfois vous remercient. Les gosses sont contents de leur montrer la tête des profs. Des mères qui hochent la tête vers vous et sourient à des gamines qui bavardent, à des gosses qui ne font rien, oui oui, je sais… exactement comme moi quand j'étais à l'école.

– Ah tu vois.

Oui, mais après, il faut bien trouver du travail !

– Bah… j'en trouverai. J'irai chez Auchan.

– Bah, ma fille est comme moi ! J'ai jamais rien fait à l'école. Ça m'empêche pas d'avoir mes magasins. J'en ai un pour elle, un pour son frère, un pour mes neveux. Du moment qu'ils savent compter ! On travaille en famille. Le reste je m'en occupe ! On le mettra en alternance, comme son cousin.

– Bonsoir monsieur, vous allez bien ?

– Bien, merci. Vous êtes la maman de Julien ?

– Oui, c'est ça…

Yeux verts, teinte en roux. Elle porte des habits de hippie recyclée dans les médecines douces. Un bracelet de force au poignet droit, des bracelets de coquillages et brésiliens à l'autre poignet. Je me sens un peu mal à l'aise devant son regard.

– Vous ne parlez pas beaucoup, pour un prof.

– Mon travail est surtout de faire parler…

– Mouais, elle réfléchit. Julien n'aime pas l'anglais cette année.

– Je suis désolé, ça arrive, et ?

– Je ne sais pas, elle regarde autour d'elle, vers le plafond. On a réfléchi, Julien et moi. En fait, vous ne parlez pas beaucoup parce que vous ne savez pas parler.

– Euh ? Je ne sais pas parler ?

– Oui, voilà... Vous ne savez pas l'anglais. Vous n'avez jamais été sanctionné par le rectorat ?

Le sang me monte au front tout à coup. Je crois bien que je rougis. Elle me sourit. Elle prend son sac et elle s'en va.

Elle est arrivée en retard à la dernière réunion. Elle a été retenue au bureau. Elle est jolie, habillée de noir, discrète. Elle me demande si elle peut s'asseoir, elle veut qu'on ferme la porte. Je vous en prie, madame. Elle est la mère de Paul, en 5ᵉ 2. Ah oui, Paul, je vois. Elle veut savoir comment il va. Les larmes lui montent aux yeux. Son mari est très malade et dépressif. Son fils ne veut pas qu'on en parle, il ne l'a même pas dit à Smail, son meilleur copain assis en classe à côté de lui. Personne ne sait. Paul ne dit jamais rien. Il garde tout en lui. Elle n'en peut plus.

– Comment il va ?

– Écoutez, Paul, pour moi, ça va. Il faut lui faire confiance madame. C'est sa façon de lutter, ils font souvent comme ça...

Elle sèche ses larmes. Elle attend le bon moment pour sortir. Oui, j'avertirai les autres profs. Je vous appelle si je remarque quelque chose.

Avec le temps je donne de moins en moins de conseils, je fais de plus en plus de compliments.

– Je viens parce que vous avez un problème avec mon fils.

– Pardon ?

– Oui, sachez qu'il n'est pas maghrébin, il est égyptien. Ne nous confondez pas. Vous êtes raciste.

– Moi ? Je confonds quoi ? Je suis raciste ?

Le père de Raheed a l'air au bord des larmes ou prêt à la bagarre de rue. Il est en costume, a posé son manteau, sa mallette sur la chaise à côté de lui.

– Je suis chef d'entreprise, j'ai vingt-cinq employés, je gagne bien plus que vous ! Qu'est-ce que vous croyez ?

– Écoutez monsieur, je vous demande de vous calmer. Je ne me reconnais pas dans ce que vous me dites.

En fait je ne comprends pas, son fils a de bonnes notes, son père est sans doute fatigué. Il a l'air aux abois. Il se lève en furie comme s'il avait peur de sa propre colère : J'en ai pas terminé avec vous ! Je reste assis à la table quelques minutes avant de me lever. Je demande aux parents qui attendent de patienter. Je vais boire un verre d'eau dans la salle des profs. Mon cœur bat fort, une veine à la tempe aussi, celle qui m'angoisse parfois… Un jour, ça pourrait finir mal pour moi. Jusqu'à présent, ça va. Il me fait de la peine, le papa de Raheed, mais je suis soulagé de le voir s'éloigner.

Et puis toutes les familles qui ne viennent pas. Celles qu'on attend toujours. On aurait vraiment besoin de les voir, de les aider si on savait. Comme la plupart de mes collègues, j'aurai passé pas mal de temps à poireauter pour rien. Ils devraient inventer une taxe parents d'élèves pour augmenter les salaires… Un enfant tombé malade, un oncle qui ne peut pas se déplacer… Nombre des mamans africaines de Reuilly travaillent en horaires décalés. Les familles très nombreuses, les gens usés déjà. Les mauvais numéros de téléphone, les adresses improbables, les changements de domicile en cours d'année. Souvent la banlieue est, Montreuil, Bagnolet ou Pantin. On distribue les bulletins aux gens qui sont là et, pour les autres, il faudra les envoyer. Certaines familles n'en auront jamais, leurs enfants relèvent le courrier ou gardent les codes de la messagerie des profs. On a beau demander que… Le grand frère en IUT et boursier ne peut pas faire deux heures de transports en commun pour surveiller le petit frère resté au 107, rue de Reuilly. Le père est retraité, il ne lit pas le français. Les mères ont besoin de quelqu'un pour traduire…

La mère de Jalil porte des habits traditionnels, parle le swahili et soninké, comprend mal le français. Jalil est excellent en anglais, madame, bravo ! Elle me regarde, inquiète. Jalil ? Elle se tourne vers lui comme s'il avait fait un mauvais coup. Elle ne sait pas qu'il a appris presque seul la langue sur l'écran de son vieux Samsung, avec des jeux vidéo et des séries en VO, et qu'il la parle presque mieux que le français. Oui, vraiment madame, je vous promets. Elle hoche pensivement la tête. Merci monsieur. Elle écarquille les yeux vers lui. Il se lève, elle le regarde encore, ne comprend pas comment ça se fait. Il a des sales notes sinon, dans les autres matières. En fait, elle ne sait pas non plus d'où sort son téléphone…

* *
*

– M’sieur, vous avez quel âge ?
– Je ne vous le dirai pas.
– Je dirais quarante ans.
– Lui, quarante ans ?
– Plus ? Cinquante ?

Les gosses s’amusent, ces chiffres-là sont tous effrayants pour eux.

– Moi je sais ! Le prof, il est sur internet.
– Oh vrai, vous êtes sur internet m’sieur ?
– Je ne sais pas. Regarde, si tu trouves, tu me diras…
– M’sieur, pourquoi vous faites encore ce métier à votre âge ? Pourquoi vous avez choisi de faire ça ?

Je leur dis que je fais ça exprès pour les emmerder. D’autres fois, je réponds que je préfère être avec des enfants qu’enfermé dans un bureau.

– Et au fait, ta mère, ton père, pourquoi ils font ça comme travail, tu leur as déjà demandé ?
– J’en sais rien. Je sais même pas ce qu’ils font comme travail. Euh. J’ai oublié le nom, c’est compliqué.
– Alors monsieur c’est vrai, vous nous aimez bien ?

Vieillir ici, dans le bahut. Nombre de collègues s’habillent comme de jeunes femmes et de jeunes hommes sur le campus d’un pays qui n’existerait pas. Les gens se reconnaissent d'un coup d'œil avec ces habits-là. À un moment, comme les autres, on passe de l'autre côté.

C'est chez le dentiste que ça m'est venu. On a un peu parlé, entre deux soins. Qu'est-ce que tu fais dans la vie ? Prof d'anglais. Oh, vrai ? Collège ou lycée ?

Puis il m'a dit qu'avec le niveau des salaires un homme avait raté sa vie s'il faisait ce genre de métier, passé quarante ans.

– Ouvre plus grand s'il te plaît !

– Haannnn !

D'ailleurs j'aime pas trop les dentistes. Surtout quand j'ai trop mal aux dents…

* *
*

Monsieur Launer tombe amoureux d'une prof mariée. Il est épuisé comme tous les autres chefs d'établissement au bout de trois années, d'après mes constatations, et il commence à avoir des visions, surtout dans l'entrée du bahut, la Vierge ou Marie-Madeleine lui sont apparues. (On ne sait pas du tout où elle s'était cachée la Vierge tout ce temps-là, avant de ressurgir à Reuilly-Diderot.) Je suis là quand le SAMU arrive. Monsieur Launer marche comme s'il voyait depuis longtemps une oasis où se reposer, où tout oublier. Je sens que quelque chose se fige dans le bahut, un morceau du temps se détache, rentre dans un passé que nous allons tous voir disparaître. Une pierre qui tombe au fond d'un puits.

Il part en fin d'année, la prof aussi est tombée malade, c'était un amour partagé, sans doute impossible. Dommage, j'aimais bien ces deux-là. C'était le dernier principal à se tenir du côté des profs, qu'il comprenait bien. Ensuite, ce sera nettement plus difficile à Reuilly-Diderot.

Mila est toujours en pleine forme, une petite brune en jean et en santiags, qui fait partie de ces élèves qui ne savent jamais où elles iront dormir le lendemain.

– *Hello sir, all's good today?*

Elle vit comme une fille plus grande que son âge. De son sac à main, un grand qu'elle porte en bandoulière, pas un sac de classe, dépasse sa brosse et sa trousse de toilette. Elle a aussi des vêtements de rechange, sa bouteille d'eau, un thermos, ses tampons, un rouleau de PQ. Il y a toujours ce problème du PQ dans les bahuts. Elle en distribue aux copines. Elle lit beaucoup. Elle est allée en Amérique du Sud avec ses parents, va en Espagne pendant les vacances, se débrouille bien en anglais. Elle se débrouille en tout mais, quelque part, lorsqu'elle oublie de sourire, de jouer la comédie, que son entrain naturel lui fait défaut, je me demande jusqu'où elle ne regrette pas la petite fille rangée qui aurait pu grandir tranquille si ses parents ne se foutaient pas sur la gueule, si vivre chez l'un ou l'autre n'était pas devenu irrespirable.

* *
*

Il est camerounais. Il rentre le premier en cours, bonjour monsieur, s'assied et sort ses affaires. Cette troisième, j'ai la réputation de pouvoir les tenir, mais ce n'est pas facile. Il regarde, manifeste un peu d'impatience, lit un livre et, quand on peut reprendre, à la première question, lève la main. Il a les meilleures notes du bahut. À la réunion de parents, je rencontre son père, en habit traditionnel, il me remercie pour les cours, me dit qu'il a confiance en lui. Il prie. Il ira sans doute en Égypte pour étudier, plus tard. Il deviendra un grand sage. Le père me dit ce mot-là, en souriant pour voir si je percute.

Je ne sais pas ce qu'il est devenu. On n'a jamais reçu ses bulletins de seconde. Je ne l'ai jamais retrouvé. J'ai cherché pourtant.

Les années passent. Le boulevard change un peu, mais pas si rapidement. Des gens me sourient que je ne reconnais pas sur-le-champ. D'autres évitent de regarder de mon côté. J'ai rencontré Alan sur le trottoir. Il m'a souri.

– Ah tiens, m'sieur Fabre. Toujours là ?

– Ben oui, comme tu vois.

– On se tutoie ? J'ai trente ans, vous savez…

– Non, trente ?

Il a déjà une petite fille. Il a monté son entreprise de réparation d'ordis. Après le bahut, il a rencontré des gens qui lui ont fait confiance, pas comme les profs de ce bahut qui n'aimaient pas les Chinois…

Il me sourit, comme on sourirait à une ombre. Il aurait bien aimé qu'on le détrompe, il aurait bien aimé avoir raison. Il aurait bien aimé quelque chose. Il fait partie de ces élèves qui gardent de mauvais souvenirs. Il y a eu tellement d'élèves. Tellement de bons et de mauvais souvenirs…

* *
*

Elle me prend en grippe dès la première semaine. Les salles qu'elle m'a attribuées ne sont pas libres. Je monte lui dire. Elle me répond de faire ce qui est écrit sur mon emploi du temps. Bien madame. Faites rentrer les élèves dans votre salle ! Occupée ou pas. N'importe quoi ! Je ne sais pas que commencent les pires années de ma vie de prof. Madame Sakarine est connue comme le loup blanc, « dysfonctionnelle », nous dit-on, ils ont de drôles de mots. Elle vit entourée d'une cour de profs chez qui elle va dîner, les autres, elle en dit du mal. Elle me parle n'importe comment, et surtout devant les autres. Au bout d'un trimestre, je me réveille au milieu de la nuit, en sueur. J'ai des bouffées de colère impuissante. Je ne sais pas pourquoi, une fois de plus, je m'accroche comme un imbécile plutôt que de rechercher une voie de traverse, une manière de m'échapper. Je ne saurais pas dire ce que j'ai fait pendant toutes ces années, à part me protéger.

On finit par appeler la DRH au rectorat. On ressort nos griefs, les coups de fil, les insultes, les ordres contradictoires comme si on était à l'armée, une armée pas très bien organisée, le favoritisme, les réunions dénuées de sens à des horaires qui lui conviennent, elle, et nous obligent à ne pas déjeuner ou à attendre… On est reçus en délégation, l'inspecteur entend nos griefs, oui, il sait qui est madame Sakarine. Il promet de tout dire, de tout mettre sur la table, mais non, il refuse que nous allions la rencontrer ensemble. Il y a les chefs et les profs, ce ne sont pas les mêmes. Je suis, nous sommes énormément fatigués. Le travail de prof peut être ingrat dans des proportions inimaginables, quand on est mal entourés…

On ne se douterait pas à la voir. Elle est habillée à la dernière mode des lycéens. Elle doit faire partie de ces profs effarés à l'idée de vieillir. Elle a une grosse moto et trois enfants. Son mari est en rémission d'un cancer.

Madame El Mansour devient son adjointe ; elle est assez curieuse également : on dit qu'elle s'en prend plutôt aux femmes. En tout cas, elle nous oblige à nous tenir debout pendant les surveillances, à descendre et monter les travées sans arrêt. Elle espionne les ordinateurs et fouille dans nos casiers et les armoires. On doit attendre un bon moment derrière sa porte quand elle nous demande de monter. La plupart obéissent, c'est inquiétant de toujours obéir. Madame El Mansour emploie le subjonctif avec une aisance d'ours polaire, cite volontiers Platon et Kant quand elle me convoque, ça vole haut pour un souci avec la 5e 3.

Bien sûr, mesdames El Mansour et Sakarine se détestent cordialement. Aussi la valse des ordres et des contrordres est permanente.

Je finis par aller chez le médecin qui s'en amuse, hausse les épaules. Un grand garçon comme toi ?

Je vais dans les bars des Maréchaux, où on se sent accueilli, et tranquille. Je marche la moitié de la nuit. La nuit ne porte pas conseil mais c'est la nuit. Je marche des heures et des heures. Je m'arrête dans les bars sur le boulevard Soult, sur le boulevard Davout, parfois je pousse jusqu'à Mortier…

Je vois de beaux moments la nuit, sans doute parce que c'est la nuit. Les yeux brillants des filles, les types qui sont seuls, ou ceux qui font la fête, le temps est suspendu jusqu'à demain.

Madame Sakarine hurle quand elle me voit. Nadine rigole, je me demande vraiment ce que tu lui as fait ? Elle est peut-être amoureuse ? Des collègues sympas montent lui dire de se calmer. Une fois, on refuse même de monter faire cours, tous les profs dans la cour du haut. Je sèche toutes les réunions. Je vis caché dans la salle 313.

*   *
*

– M'sieur, ça vous plaît ce métier ? Pourquoi vous faites ça ?

Paulnis me le demande avec un air attentif, sourit. Les autres élèves de la classe cessent brusquement leurs bavardages. Ils écoutent. Il y a des questions pour faire perdre du temps, et des questions qui attendent de vraies réponses. J'aime bien Paulnis. Il a toujours l'air de venir d'ailleurs, il regarde par la fenêtre comme s'il avait visité la Lune hier. Il est calme, réfléchi. Souvent, il rêve un crayon à la main. Parfois il suit les choses d'un œil perçant, parfois il hoche la tête pour le prof, il comprend bien les choses pour un gosse de quatrième.

– Vous pourriez faire autre chose, ou être écrivain tout le temps…

– M'sieur, mon père il dit que vos salaires c'est des salaires de clodos. Vous gagnez combien ?

Parfois on parle de choses et d'autres. Les élèves adorent qu'on leur raconte des histoires. M'sieur, vous connaissez où en Angleterre, vous connaissez New York, c'est vrai ?

En général ils ne sont pas chauds pour ce métier. Surtout ici.

Je pourrais répondre à Paulnis qu'on sème des petites graines. On ne sait pas ce qu'il se passe après. On n'est plus là pour le savoir. Paulnis va chercher ses petits frères et sœurs à la primaire. Il leur donne le goûter. Ses parents rentrent tard. Je l'aperçois de temps à autre à bicyclette sur le boulevard. Il pédale le nez en l'air. Il lève la main vers moi. Un jour, il a disparu du quartier.

Les élèves demandent aussi c'est qui votre classe préférée ? la 5e 1 ou la 5e 3 ? Au début j'explique que je n'ai pas de préférence, et puis, avec les années, je leur dis toujours : Vous, et de loin ! Ils rigolent que c'est pas vrai pour savoir si ça l'est. Mais si, c'est vous, c'est pas les 5e 1 ! Alors ils sont contents (mais pas les 5e 1) ou bien si les 5e 1 sont contents les 5e 3 ne le sont pas.

* *
*

Nous étions saisis d'horreur. Il ne nous attendra plus jamais à la grille du bahut. Je n'entendrai plus jamais le bonjour monsieur Fabre auquel il s'astreignait, comme pour chacun des autres profs qui devaient être en cours à 8 heures. Il ne viendra plus en classe pour distribuer des papiers, chercher des élèves, ne passera plus en salle des profs pour faire le tour des problèmes de la semaine, rappeler les réunions, épingler les dates de conseil, les documents administratifs, ou fêter avec nous le Beaujolais nouveau… Sur les photos officielles, celles des rentrées et des fêtes de fin d'année, il a les yeux d'un enfant espiègle, en costume de métier. J'avais lu les articles plutôt sensés sur l'éducation qu'il rédigeait. Il était idéaliste. Il était toujours souriant, ce qui ne veut rien dire en vrai… Il travaillait énormément, dimanche compris… Comment faire autrement ? Punaise, il était tellement fatigué. Une fois ou deux, je me suis permis de lui dire de se méfier du surmenage, mais non, il répondait, buté dans son sourire d'ancien jeune homme, je ne suis pas surmené, ça va bien… D'autres profs aussi le lui ont dit. Il devait faire partie de ces gens qui n'admettent pas de montrer leurs faiblesses. Il était difficile de se rapprocher de lui qui gardait ses distances, à chacun son métier. D'ailleurs, on n'est pas là pour être proches, dans les bahuts. Je sais aussi qu'il a été aimé. Je me demande qui va s'occuper de son chien, maintenant.

Devant, sur une table, sa photo souriante et une couronne de fleurs, le livre d'or. Sur le livre d'or, j'ai écrit un mot moi aussi, on ne peut pas s'empêcher de dire vous ou tu aux morts. Puis on leur parle moins et on oublie le vous, le tu. On passe au il, au elle, est-ce que tu te souviens ? On ne peut rien leur dire en vrai, évidemment.

Les troisièmes, ce matin-là, s'étaient habillés de noir. Vous venez m'sieur ? Oui, je viens. Ils ont hoché la tête. Nous aussi. C'est à ce moment-là pour moi que cet homme a vraiment commencé de partir. Ils l'ont accompagné. J'étais content de les voir avec nous, tous ensemble Je leur ai dit. Beaucoup de monde, d'anciens collègues venus exprès, ses trois enfants, ses vieux parents. Sur le cercueil, une jolie photo de lui, accroupi, souriant vers l'objectif, avec son chien devant. C'était trop crève-cœur à Reuilly… Lorsqu'ils l'ont emmené, tous les gosses se sont mis à applaudir, tout le monde a applaudi, ça a duré vraiment longtemps. C'était bien de faire ça. Les gamins du bahut ne regardaient pas vers ses enfants, ni vraiment dans le vague. Ils ont juste regardé ce que ça fait de voir un mort partir. Certains l'ont peut-être appris et ils ont grandi à ce moment-là, mais d'autres, sans doute que non. On est immortel à quinze ans.

* *
*

Depuis quelques années, on a instauré le quart d'heure lecture dans les collèges, avec des boîtes à livres dans chaque classe. Les gosses doivent lire, mais ce qu'ils veulent. J'aime bien ce quart d'heure lecture. Des mômes ont des envies particulières, et d'autres attendent que ça passe. Il leur faut un peu de temps avant de s'y mettre, en général. Sauf pour les lecteurs de mangas, qui ont commencé dès le couloir. Certains d'entre nous ont peut-être oublié cette passion, ce besoin qui nous dévore de terminer un livre, une histoire qui nous permet de nous enfuir d'ici, du bahut.

Bien des élèves plongés dans les pages ont du mal à revenir sur la terre ferme, ou en cours d'anglais. D'autres plus rares continuent de lire et ne participent que si c'est noté. M'sieur, c'est noté ? Dans les bahuts, aujourd'hui, les élèves ne comprennent pas quand ce n'est pas noté. Ils sont, nous sommes là pour ça. Il faudrait sans doute arrêter de noter une bonne fois pour toutes, et voir ce que ça donne.

Cette passion pour les lectures clandestines n'est pas nouvelle, mais il est rassurant de constater qu'elle dure… Je ne peux pas m'empêcher de regarder ce que lisent les élèves. En troisième, beaucoup de filles lisent des histoires d'amour tordues de young adult. Les couvertures sont souvent, à mes yeux, d'un mauvais goût redoutable et il faut au moins quatre cents pages pour faire un livre de ce tonneau-là. Il est bien celui-là ? Marisa fait la moue. Pas mal. Elle se tourne vers Alma qui fait la moue aussi. Ouais, ça va. On attend le second, il arrive bientôt ! Elles font circuler les livres à une vitesse impressionnante. Marisa a lu aussi les livres de Primo Levi, je lui ai conseillé ceux de Charlotte Delbo.

Pendant le quart d'heure lecture, il y a aussi ceux qui dessinent. Ce sont les mêmes que ceux qui dessinent pendant les cours. Ils passent leur vie à dessiner. Il arrive qu'on trouve des petits chefs-d'œuvre parmi ces dessins, souvent des personnages de mangas mais aussi des portraits de leur prof. Avec les années, ma ressemblance avec Gargamel, selon eux, se confirme, ce qui n'est pas vraiment plaisant mais les fait rire. Ils dessinent aussi des navettes spatiales et des villes tentaculaires dont le mérite est de pouvoir grandir à jamais. Pasindu va au cours de dessin près de la mairie du XIIe le mercredi. Il dessine des silhouettes langoureuses au fusain, des personnages inspirés de Bilal ou de Loustal, des femmes mystérieuses en robe longue (il leur rajoute parfois des dents acérées de vampire). Je leur demande toujours de faire un dessin pour accompagner une petite présentation en anglais. M'sieur, c'est noté ? Oui, très gros coef, en plus… Oh c'est vrai ? Mais non, il rigole le prof, il aime bien voir nos dessins, c'est pour ça. Certains vous sortent des *dream houses* ou des *dream schools* faites avec un logiciel pour apprentis architectes. Ils y auront passé tout le week-end.

Ils oublient tout : leurs livres de classe, leurs cahiers, leurs clés ou leurs manteaux, jamais la pochette à dessins. Pourtant, un jour, ils arrêtent d'un seul coup de dessiner. Ils abandonnent la partie et attendent le soir pour jouer en ligne, passent leur week-end sur leur écran. Ils auront les yeux gonflés par des nuits à peu près sans sommeil, ne regarderont plus avec un air satisfait ou concentré le dessin qu'ils sont en train de faire, qu'ils ont commencé en maths, ont poursuivi en cours d'histoire et sont bien décidés à finir en anglais, pour pouvoir en faire un autre dès le lendemain. Leurs copains ne viendront plus donner leur avis en général admiratif et une sorte de raison d'être à leur acharnement à ne pas grandir, à ne pas devenir un élève comme les autres.

Un gosse de cinquième passe deux années de suite à dessiner des femmes nues qui disent « ouh là là » dans une bulle au-dessus. Elles sautent, font des sauts périlleux, sont alanguies de dos ou bien de face. D'autres quadrillent leur cahier comme pour en faire une sorte de dallage en céramique, cahier de maths, de français, ou d'anglais. Certains se cherchent une signature et écrivant des centaines de fois leur prénom, avec un petit dessin au milieu. Où sont les dessins de nos enfances ? Restent-ils remisés dans nos mémoires ou bien sont-ils pour toujours effacés ? Question bonus, plus deux à la copie de qui saura.

* *
*

Il arrive rougissant en cours, se débrouille pour être là avant les autres, ou après, en tout cas pas en même temps. Il a l'air terrorisé, comme s'il devait lutter pour ne pas faire demi-tour et s'enfuir. Il regarde devant lui, un point nulle part, bonjour monsieur. Bonjour, tu vas bien ? Il ne me répond pas, son regard parle pour lui. C'est un mince jeune homme blond, aux yeux clairs. Sur l'ordinateur, famille normale, mère enseignante à l'université. Le diagnostic : phobie scolaire. Il connaît des choses, plein de choses, il ne répond pas, il sait la réponse mais elle est bloquée dans sa gorge, il a les larmes aux yeux… Il essaie de retrouver jusqu'à la fin de l'heure ce point invisible où il doit avoir l'impression de se dissoudre, de ne plus être ici. Il ne vient pas. Il vient, mais c'est un peu la même chose ; bonjour, comment vas-tu ? Il faut beaucoup de temps pour l'amadouer, en salle des profs j'entends parler de lui, il faudrait l'envoyer chez le psy avant qu'il ne décroche tout à fait. Mais il va déjà chez le psy, évidemment… Il ne comprend pas comment on lui parle, alors qu'il n'y peut rien, ça lui est tombé dessus, ne plus pouvoir aller en cours et de ne plus comprendre le sens de la vie, comprendre trop tôt qu'il n'y en a pas. Comme il a longtemps été bon élève, il s'en sort à peu près. Au second trimestre, il ne vient plus, intègre un genre d'hôpital pour les élèves comme lui, et pour ceux qui arrêtent de manger, qui arrêtent de parler, les gosses sur le bas-côté de la vie.

Deux ans plus tard, on se croise dans la rue, il porte une guitare dans son étui, me sourit. Il est heureux, donne des cours de musique aux petits débutants en continuant d'apprendre. Il a quitté l'école. On se croise de temps en temps. Une fois, il m'avoue qu'il a beaucoup souffert à Reuilly, mais que c'est tout à fait passé.

Il ne sera jamais étudiant dans une bonne prépa, ingénieur ou je ne sais quoi d'autre, mais musicien des rues et, peut-être un jour, dans les écoles lui aussi, car il s'agit toujours de gagner sa vie au bout du compte, mais différemment pour chacun de nous.

XII

Ils nous entourent. Nous les croisons partout. Ils rejoignent leur troupeau avec leur sac à dos, rentrent dans une journée de rires, dans le grand bruit des vivants. Chez eux, il s'agit de faire ses devoirs et de passer une heure ou deux avec les parents avant de recommencer, vite, presse-toi, as-tu bien pris toutes tes affaires, n'oublie pas de donner le chèque à l'AS, n'oublie pas de demander à ton prof pour..., de continuer à grandir en dehors de chez soi. Les plus jeunes se donnent rendez-vous sur le trottoir, ou bien ils sonnent en chemin à l'appartement de leurs copines. Ils se retrouvent au carrefour. Elles, au bas du grand immeuble du 107. Ceux qui sont en avance – certains sont toujours en avance, ils aiment sortir plus tôt de chez eux – restent assis contre la rambarde devant le bahut, sortent leur téléphone pour jouer avec, ou bien s'éclairent pour terminer le devoir qu'ils n'ont pas eu le temps de faire avant. Ils révisent. S'ils ont de la menue monnaie, ils ont peut-être acheté des bonbons. Ils se retrouvent aussi dans la descente vers le parking, avec les trucs un peu louches d'un gamin de Reuilly.

Une année, on a eu des voleurs en bande organisée dans les vestiaires. Des gamins de sixième prenaient les clés de leurs camarades de classe et les doubles, faits en vitesse, atterrissaient dans la poche des grands frères, qui se sont fait attraper parce qu'ils mettaient sur Facebook et Insta les choses volées pour les revendre à tarif très réduit. Il y a aussi l'entrée du parking où l'on va fumer les premières cigarettes et s'abriter du vent de bon matin, quand rien n'est encore joué dans une vie. Les vies d'élèves durent plus longtemps que les nôtres, évidemment. Puis, au bout de toutes ces vies qui durent longtemps, il y a celle que je vis en ce moment, est-ce la plus vraie ? Je n'en sais rien.

Dès le collège et le lycée, il y a déjà les solitaires, ceux qui ne rejoignent personne et ne se mettent pas avec tel ou telle dans le rang. Des gosses arrivent à l'heure pile. D'autres arrivent avec deux secondes de retard. Toujours le même retard. Le petit sourire en coin, ou hochement de tête parce qu'ils vous ont vu les attendre, avant qu'ils ne s'asseoient à leur place et se passent les deux mains sur le visage, car il est l'heure de montrer qu'on est réveillés. En fait, les élèves sont rarement réveillés à 8 heures. Jusqu'à la demie, ou vingt-cinq, on a un beau sommeil d'à peu près tout le monde, un sommeil les yeux ouverts. *Wake up kids! It's time now!* Il est temps d'allumer l'ordi. Le temps de faire l'appel, de sortir mes affaires que les cours d'avant auront remisées dans un coin, car j'ai la sale habitude d'en mettre partout. J'en ai toujours mis partout. Un ou deux ont déjà posé la tête sur leur bureau. Ils ont à peine vu le temps passer entre leur lit et la salle de classe, ils ont besoin de redormir un peu. Une élève va se dévouer pour lever la main, qui aura tout bien préparé, et ça permettra aux autres de se réveiller doucement, car bon, ça y est, on est en cours : ça va durer toute la journée.

Les gamins solitaires ne tiennent pas à s'asseoir à côté de quelqu'un en particulier. Copains de tous ou de personne, ils préfèrent les endroits près du radiateur et de la fenêtre, d'où on ne voit rien de spécial. L'hiver on se réveille dans le noir qui devient gris. Quand il fait beau, le soleil tape sur mon bureau vers 11 heures ou dans un angle de la salle. S'il tombe trois flocons, un long message nous alerte sur le risque de jambes cassées dans la cour. Pas de sortie dans la cour ! Nombreux parmi nous ont considéré qu'il était normal, voire souhaitable, de jouer dans la neige au risque de se casser les jambes, de se fracturer le bassin, de porter plus tard un corset en acier détrempé et risquer ainsi de perdre la vie dans quelques centimètres de neige. On apprend aux mômes à avoir peur de tout, à s'effrayer de tout.

Mais leur énergie, leur force de rire, d'apprendre et de s'amuser, d'être une génération nouvelle, qui ne sera ni plus ni moins sacrifiée que les autres, est immense et inépuisable. Et tant mieux !

Chaque année, la direction nous fait faire des exercices de confinement, en cas d'attaque terroriste ou d'un cinglé dans les murs. On en a eu quelques-uns à Reuilly (des cinglés, pas des terroristes). Cet exercice me tape sur les nerfs ; les mômes sont censés se mettre sous les bureaux après avoir empilé des chaises contre la porte, et on reste un quart d'heure sans bruit. Enfin, sans bruit…

– Jérémie, portable confisqué.

– J'écoute de la musique, m'sieur, ça me déstresse.

– Leila, tais-toi !

– Mais, m'sieur, il me chatouille !

– Chuuut ! M'sieur, c'est vrai ? on va se faire tuer ?

On conclut chaque fois qu'on serait tous morts s'il y avait une attaque pour de vrai. Le monde réel entre dans les bahuts par des portes dérobées, des interdictions. On ne peut pourtant pas rayer de la surface tout ce qui relève de leur intimité, des choses qu'ils partagent entre eux, qui ne regardent ni le bahut ni les parents.

Tout continue toujours avec ou sans vous. Sans moi dans quelques mois. Alors bon. C'est comme ça.

* *
*

Certains élèves gardent leur quant-à-soi. Hier, j'ai aperçu Bastien et il m'a couru après. Je l'ai eu trois ans en cours lui aussi… On s'est dit peu de choses, il avait l'air content de se retrouver là. C'était sympa qu'il me coure après. Il passait son temps à dessiner. Il voulait faire architecte, et va sans doute y parvenir. Je le crois en tout cas.

Le même jour, j'ai croisé Estéban qui, pendant deux ans, a essayé de quitter le cours en marchant à quatre pattes, en avançant comme un chat. Il réussissait parfois. Que faisait-il, une fois dans le couloir ? Continuait-il à ronronner en cherchant des souris dans un coin, ou bien cherchait-il un endroit tranquille où tenir jusqu'à la récré ? Il travaille désormais dans les bars de nuit, il est souriant et secret. Collégien, il n'aura vraiment jamais sorti un seul mot d'anglais, mais il aura beaucoup miaulé. Est-ce ma faute ? Je ne crois pas, je l'espère en tout cas. Miaou... Je me souviens seulement que j'avais du mal à garder mon sérieux avec lui.

De plus en plus d'élèves trimballent des diagnostics. Ils sont dys quelque chose, ou bien hyperactifs. Charline rend fous tous les profs de sa classe. Elle est toujours très joyeuse et peut mettre un bazar invraisemblable.

– Charline, tais-toi ! Charline tu fais ça en famille, avec tes parents ?

– Ben oui m'sieur, bien sûr ! Avec vous ça va, vous verriez comme je les rends dingues mes parents !

Avec les médicaments, quand elle n'oublie pas de les prendre, ça va un peu mieux. Mais il y a des rechutes qui nous épuisent.

– M'sieur, vous avez vu comme j'ai été sage aujourd'hui ?

On lui a seulement demandé de rester assise cinquante fois, de ne pas changer de place dix fois, de ne pas faire de grands gestes en direction de Noémie et de Nour, de ne pas faire un doigt à un garçon qui l'aura regardée de travers.

– Ben, je ferai mieux la prochaine heure, m'sieur, promis !

Il y a quelques années, Rahim passait son temps à faire des avions en papier, à les dessiner, je l'ai même puni une fois ou deux pour les avoir envoyés patrouiller dans la salle… Il s'est retrouvé parmi les sélectionnés pour faire pilote d'essai, à l'armée. C'est une belle histoire à Mach 2, ou 3 si ça existe. Lui, c'était un môme souriant et un peu rêveur, visiblement capable de cravacher pour devenir pilote. Il aura commencé sa formation avec moi, en classe de cinquième, sur des spécimens faits maison, c'est pas pour me vanter. Sa sœur Nesrine avait un sacré caractère et voulait devenir avocate d'affaires… Aujourd'hui, elle est quelque chose du genre aux Émirats, elle voulait gagner plein d'argent, c'est fait. Leur frère aîné était un enfant révolté, un peu poète, lui je ne sais pas ce qu'il est devenu. Sa famille, sympathique et cultivée, venait de l'Algérie en guerre civile, il avait dû être bien secoué… On est plus facilement mis au courant des belles histoires, des destinées rassurantes, que d'anciens élèves qui n'ont pas eu de chance, ont perdu la partie, pour plus ou moins longtemps.

Les mômes aiment bien la leçon qu'on fait sur l'argent. *Money!* On révise les nombres en anglais, on additionne et on soustrait, on joue à *find the price*, on apprend des manières de taxer les parents (conditionnel présent) et puis pour les plus avisés on se demande *if money brings happiness*, ils ont tous des avis tranchés sur la question. Familles pauvres et familles riches, fille ou garçon ? Ils pensent en général que oui, et le petit prof d'anglais a bien du mal à les détourner de cette envie d'en gagner plein… À la fin de l'heure, Analise est venue me dire qu'elle était contente, on devrait faire plus de débats, m'sieur. Tu aimes bien ça ? Ben oui, on s'exprime, on dit ce qu'on pense. Au revoir monsieur, bonne journée ! *Have a good day,* Analise... Pour les débats, ils doivent apprendre à parler chacun son tour, à préparer à l'avance leurs questions pour ne pas trop buter sur les mots, et à laisser parler pour entendre la réponse. Les gosses aiment bien bosser entre eux… Ils se réveillent, pour le meilleur et pour le pire. Je laisse la porte de la classe ouverte, dorénavant, je dois me réfugier dans le couloir et n'ai toujours pas trouvé comment leur faire comprendre qu'il faudrait parler moins fort entre eux.

On écrit aussi des sketches très courts qu'ils doivent jouer et, pour les meilleurs élèves, imiter en les adaptant dans une autre situation. On a eu une collègue qui enseignait l'anglais par le théâtre. Elle s'est fait allumer lors d'une inspection, et après ce traumatisme, elle n'arrivait plus à parler français. Juste anglais. Ça ne voulait plus sortir.

Il y a eu beaucoup d'élèves laissés sur le bord du chemin et plein de profs aussi, je m'en rends compte aujourd'hui. Les élèves aiment pourtant la leçon sur le futur, l'avenir. Je serai infirmière, avocate, influenceuse ou pâtissier, et puis les autres vous disent qu'ils n'en ont aucune idée de ce qu'ils seront… Ça ne leur fait ni chaud ni froid de ne pas savoir. M'sieur, j'ai treize ans. J'en sais rien moi ! *I DON'T KNOW*.

* *
*

Mesdames Sakarine et El Mansour sont parties en même temps. On a pu souffler un peu dans le bahut. Le quartier a continué de changer, alentour, par petites touches. Ils ont désaffecté la grande caserne, les travaux ont duré longtemps. Comme c'était un grand projet, la mairie a organisé une visite avec les architectes, pour qu'on puisse voir à quoi ça allait ressembler. C'est pas mal du tout, en fait. Ils ont aménagé le centre avec des pelouses et, au printemps, je vais parfois manger mon sandwich sur un des bancs, si on n'est pas trop entouré par les élèves. Des élèves, des élèves, il y a toujours des élèves ! Pas mal des familles juives du quartier ont déménagé, certaines se sont installées en Israël. Des familles du Sri Lanka sont arrivées, dont les enfants, joyeux et travailleurs, ont souvent d'excellents résultats. Quelques familles maghrébines de commerçants aisées, des élèves africains parfois dans des situations difficiles. Et de plus en plus d'élèves de familles évangélistes qui pètent la forme.

– Melina, 7 sur 20 ! Tu n'as pas appris la leçon.

– 7 sur 20, oh merci monsieur, Dieu vous aime !

On a aussi pas mal d'élèves dont les parents travaillent pour la télé ou le cinéma. Tous ensemble, et tous très séparés dans le 75012.

Je rencontre moins souvent des gens qui nous expliquent que nous ne servons à rien, nous les profs, que nous sommes des flemmards privilégiés. La dernière fois qu'un patron de café a dit ça à Christian, il lui a répondu : Oui, mais pour le moment on t'engraisse, bouffon ! Le type n'a pas trop apprécié. Et il a fallu changer de café. Certains collègues ne désespèrent pas d'expliquer que prof est un métier, que ça s'apprend, mais bien souvent ils ne fréquentent que d'autres profs, ce qui réduit d'autant les confrontations difficiles.

* *
*

Il avait l'air d'un employé des chemins de fer, dans le local des plaintes et des réclamations, en 1983, dans les bureaux de la rue d'Amsterdam (à droite, tout au fond du couloir). Il portait un costume et une cravate à rayures, ses cheveux coiffés en arrière, on aurait dit un chef de gare qui a lu Joyce. Ça n'était pas un chef de gare mais mon inspecteur. Ses chaussures étaient bien cirées. Oui, c'était le genre de type à bien cirer ses chaussures. Il a noté plein de choses sur son petit ordinateur étiqueté du rectorat dans ce cours de troisième qui ne s'est pas si mal passé que ça, à mon avis. Les élèves avaient voulu me faire plaisir. Il leur arrive parfois de vouloir régler leurs comptes. Il fallait que je fasse des formations, comme d'habitude. Et puis, il fallait que je change de voix, ma voix ne convenait vraiment pas. Qu'est-ce que j'y peux mon vieux? Je me suis pincé les lèvres.

* *
*

Ils étaient tous là, effrayés dans toutes les classes. Parfois les élèves attendent quelque chose de nous, ont besoin d'être rassurés. C'était à peine imaginable pour nous aussi. Charlie Hebdo, à Paris. Les élèves en ont parlé entre eux. Bilel, en cinquième, a répété plusieurs fois qu'ils avaient été avertis, qu'il ne fallait pas se moquer du Prophète, maintenant, ils avaient été punis, c'était normal. Bilel avait cette conviction qui devait lui venir de son père, de ses oncles, de tout le monde autour de lui. Cette certitude de gosse, il l'a répétée plusieurs fois sans se soucier des conséquences. Il a dû avoir une ou deux journées d'exclusion. Les gosses étaient bien déprimés ces jours-là. Ils sentent quand ça ne va vraiment pas. Quand leurs parents ne peuvent plus se présenter en remparts. Quand on leur dit des choses invraisemblables. Quand l'école ne protège plus. Paris a changé ce jour-là. Nous aussi.

Éric, notre gardien, a mis son brassard de sécurité, surveillé les environs, empêché les élèves de rester sur le trottoir. Puis, tout a continué tant bien que mal. Non, c'était pas la faute « aux Arabes » ni la faute « aux Français ». Chaque fois, ça me consterne, les gosses continuent de se dire algériens, camerounais, cap-verdiens ou togolais. Ils ont pourtant leur carte d'identité pour la plupart… Ils se traitent de « sale Noir » et de « sale Arabe » entre Noirs et Arabes. Ça m'énerve, ils le savent, mais ils ne peuvent pas s'en empêcher. Leur pays d'origine (ou celui de leurs parents, voire de leurs grands-parents), devenu pour eux presque imaginaire, semble plus important que là où ils vivent.

– Vous êtes tous des petits Français bavards et paresseux !

– Mais m'sieur, on rigole.

– Pas moi, je rigole pas ! Vous êtes tous des petits Français ! Arrêtez avec vos histoires de bled, vous ne voudriez pas y vivre pour tout l'or du monde !

Il arrive que je m'énerve un peu, presque pour de vrai. Mais rien à faire. Certaines différences, certains préjugés, ne seront jamais effacés… Les années s'empilent. Je vois arriver des petits frères et des petites sœurs. Bonjour m'sieur Fabre ! Je n'ai jamais eu ce gosse-là. Bonjour, tu es qui ? Le petit frère de Hocine, la sœur de Magdalena ! Ah d'accord. À bientôt alors ! Oui monsieur, bonne journée ! Sur le boulevard, j'ai pris mes habitudes, je sais où on va aller déjeuner une fois par semaine, David et moi. On est devenus amis, avec les années. Il est prof de lettres classiques. Il aime bien s'amuser et voyager, on se tient au courant des affaires du bahut. Il sait bien mieux se débrouiller que moi, il me donne des conseils quand j'ai des ennuis. Ça m'arrive moins qu'avant.

Lucien est très intelligent et colérique. Il a des réparties cinglantes, il aurait pu avoir quatorze ans dans un roman de Jules Vallès ou d'Henri Barbusse, ce genre de romans-là. Il ne ménage pas ses profs, répond au quart de tour, n'a vraiment peur de rien. Plusieurs fois, les profs me demandent ce qu'il se passe avec Lucien car je suis le prof principal de la classe. Il ne se passe rien de spécial avec Lucien, sinon qu'il est Lucien et ne cessera pas de nous emmerder avant de l'avoir décidé, si un jour il le décide. Sa mère vient me voir, elle demande qu'on soit plus compréhensifs, mais nous voyons bien que son fils est entré dans la zone dangereuse. Je suis fatigué de plaider sa cause, d'imaginer des améliorations. Il me regarde droit dans les yeux pour savoir si c'est vrai ou pas ; c'est de plus en plus vrai et il le voit. Il part en stage dans le bois de Vincennes, pour faire jardinier. Il connaît déjà énormément de choses sur les plantes, les fleurs, il a cette passion depuis toujours. Il revient plus calme, regarde les choses de plus loin. Maintenant, il sait où il veut aller. Il vivra entre les arbres et les fleurs, la clope au bec.

Dany fait du trapèze dans une école de la porte des Lilas. Il a un corps en caoutchouc, blond aux yeux verts. Il fait partie de ces mômes toujours habillés de la même façon, qui n'ont pas de veste chaude en automne ni en hiver. Sa mère demande à nous voir, cheveux très courts, un short qui lui monte sur les fesses et des bagues énormes. Des santiags. Elle a des soucis de toutes sortes avec Dany. Un enfant, ça coûte cher ! Dany, assis à côté d'elle, ne sait pas trop où se mettre, mais reste solidaire. Il n'a sans doute qu'elle dans la vie, et elle n'a que lui. Il faut que Dany soit plus régulier, qu'il fasse ses devoirs ; elle hoche la tête que oui. Son rouge à lèvres a un peu débordé sur la lèvre supérieure, aux commissures aussi. Parfois elle regarde par la fenêtre, elle a du mal à rester en place ici.

– Il est comme moi, on a besoin de liberté, il aime la vie communautaire.

Il la regarde et puis il tourne lentement ses yeux vers moi. Je n'ai jamais oublié ce regard, tout ce qu'il m'a dit et à quoi je n'ai pas pu répondre, ce à quoi je crois personne ne répondra.

Assis au fond de la classe, il attend, regarde par la fenêtre. Il n'habite pas loin du tout, dans une HLM du côté de Faidherbe. Il n'a pas de cahier, puis il finit par en avoir un. Il mange gratos à la cantine, fait de l'acrobatie à la porte des Lilas. Je rêve de le savoir embauché un jour au Cirque Électrique qu'ils ont là-bas. Parfois, de la salle 313, j'aperçois sa mère qui passe dans la rue du bahut en poussant un caddie vide, aller et retour, avec son short, ses gros bijoux de pacotille, son maquillage, ses santiags. Elle parle toute seule on dirait. Il finit par ne pas revenir. Des années plus tard, je pense toujours à Dany, à ce qu'on aurait dû faire pour lui, et qu'on n'a pas fait. Si je le croisais dans la rue, je ne suis même pas sûr de le reconnaître, mais son regard, cette fois-là, oui, je le reconnaîtrai, car en fait je le connaissais déjà.

Elle n'est pas restée longtemps dans le bahut. Elle avait des extensions de toutes les couleurs et portait des chaussures à talons, à treize ans. Elle avait déménagé souvent, je ne sais pas pourquoi, et elle se retrouvait à Reuilly-Diderot sans rien comprendre de ce qui se passait dans sa vie. Elle faisait des démonstrations aux copines avec un gros tube de colle UHU. Elle ne pensait pas à mal. Elle ne savait pas. Elle avait une assistante sociale, une référente éducation, une psychologue. La principale l'a envoyée en conseil de discipline très rapidement. J'ai été choqué par cette sorte de tribunal. C'était la première fois que j'y participais et il m'a semblé que tout était déjà décidé. En principe, les profs devraient se battre contre tout ce qui a déjà été décidé. La gamine avait dû beaucoup pleurer la nuit d'avant. Elle a gardé la tête baissée tout le temps que ça a duré, elle avait la peau grise. Les gens ont voté. On n'était que deux contre l'exclusion.

D'autres fois, les mères ne parlaient pas français, le gosse qui passait en conseil de discipline faisait lui-même la traduction. Elles s'excusent, disent au revoir, le gosse suit tête baissée, ils seront pour toujours étrangers à ici, à l'école, dont ils viennent d'être chassés.

Après ça, deux ou trois fois, je me suis débrouillé pour ne jamais me retrouver sur la liste des représentants du personnel aux conseils de discipline. Avec cette gamine, j'avais trouvé ça trop dégoûtant.

* *
*

Hier, je me suis encore dit que j'allais vraiment quitter tout ça, les collègues, les élèves. À la pause déjeuner, en finissant son Tupperware, Francisco m'a raconté un film espagnol avec deux Jésus-Christ en même temps et il se marrait tellement qu'il m'a donné envie de le voir, même si je n'ai rien compris à son histoire. La prof d'EPS qui fait du rugby est arrivée plus tard en short dans la salle des profs et nous a offert du chocolat Menier aux noisettes, en échange d'un service de mise en page sur l'ordi d'un jeune prof de physique. On doit donner un chèque de caution pour des badges d'ouverture des portes des salles de classe ; des collègues sont contre la caution, ils comparent avec leurs conjoints, on ne paie pas sa clé dans le secteur privé, quand même ! une caution pour aller bosser ! Les parents de cette année nous donnent un fier coup de main pour nous défendre au rectorat contre les heures et les dédoublements supprimés. Je ne sais pas si ça va marcher. Je ne serai plus là pour le voir.

Un jour, une lettre anonyme est arrivée, le concernant. Une lettre accusatoire transmise directement au rectorat par des parents d'élèves. C'était assez nouveau dans le bahut, ces affaires-là. Ça a vraiment défrayé la chronique dans le quartier. Il a été appelé un vendredi sans avoir connaissance des accusations. Il ne devait pas retourner en cours le lundi. Reuilly est un village où les rumeurs circulent très vite. Il a dû se tenir à l'écart des élèves, un peu paria dans sa propre vie. Il habitait le quartier, il avait un enfant en bas âge, plus question de l'emmener au square. Les profs s'en sont mêlés, et les parents d'élèves, ceux qui avaient envoyé la lettre de dénonciation au rectorat. C'était crève-cœur de le voir se débattre avec ça, il voulait qu'on le réhabilite, il ne voulait pas qu'on dise qu'il n'y avait pas de charges suffisantes, absence de preuves, mais qu'il était bien innocent. Innocent? Cette lettre de corbeau au rectorat, à charge, et sans demande d'explication, sans même l'avertir, c'était le contraire de la justice… Ils ont hoché la tête. Ils ne savaient même pas qui avait envoyé cette lettre.

Certains parents d'élèves semblaient sincèrement désolés. Absence de preuves, dossier vide, mais ce n'est pas ça l'innocence. Le prof a pris un avocat. Il voulait qu'on prononce le mot innocent. Parce que cela, il l'était. Mais non. Ça a pris très longtemps. Oui, c'était crève-cœur d'imaginer qu'il ne pouvait plus emmener son enfant au square tout le temps que ça a duré. Puis les choses continuent comme si de rien n'était.

* *
*

Je passe une petite heure seul dans la salle des profs. Il me reste peu et tant de choses à raconter sur toutes ces années-là. Je regarde autour de moi. Sur le tableau vert, un rendez-vous le 3 avril au pub du Ballon vert, pour ceux qui veulent. Quelqu'un a écrit « Moi » dessous. Un rigolo a écrit « Moi aussi ». Et une autre « Et moi donc ! » Ils seront au moins trois. Un tee-shirt bleu ciel avec le nom du bahut dans le dos et un logo fait par les élèves est resté pendu ici, sur le tableau, depuis près de six mois. Plus personne ne veut en acheter, l'argent est pour l'association sportive. Un rapport qui traîne sur la table.

Sohan a été mis en maladie par le médecin de famille, un cas de phobie scolaire apparemment. Toute l'année il s'est plaint d'avoir mal au dos. Il a fallu négocier chaque fois pour qu'il sorte ses affaires. Il m'est arrivé de lui prêter un stylo. Un camarade de classe se dévouait pour lui filer une feuille. Sohan, redresse-toi. Il prend la place près du radiateur mais, en somme, il a toujours eu un peu froid, un froid qui ne disparaît pas avec une place près du radiateur. Il est très beau, il a quinze ans. Sa mère était venue à la réunion de parents, et la semaine passée, il avait fait des efforts, je l'avais complimenté. Elle m'a dit qu'elle était surprise. Elle est habituée à entendre des reproches. Lui aussi, il a joué le jeu une brève semaine, et puis ça l'a lassé, il a repris sa place, avec son sac à dos vide, ses pieds sur la chaise à côté, sa bouderie sous ses boucles noires. Elle s'est salement habituée à entendre de mauvaises choses à propos de son fils, qu'elle élève seule. J'étais content de mon effet, il n'était pas mauvais élève finalement ; mais bon, l'histoire est loin d'être finie pour lui. J'espère que le môme va s'en tirer. Je le crois.

Sur le panneau de liège en face, c'est plus fouillis, je l'ai photographié exprès pour peut-être le raconter. Un gros code-barres de la mutuelle des profs, dont se plaignent pas mal d'enseignants. Mais ils ont un beau centre de soins pour les profs déprimés. Les gens parlent en souriant de La Verrière comme d'un havre de paix un peu destroy. Je n'y suis jamais allé. Fiche de suivi de Zyed, 6e 3, de Kenja, en quatrième. L'affiche du dispositif académique de signalement des VSS (violences sexistes et sexuelles) est aimantée près de deux cartes postales et de la photo des profs à la rentrée 2024. Les jeunes profs prennent la pause et, au-dessus de nous, pauvres clampins, un panneau de basket fait la sieste et le mur tout gris du bahut tire la gueule. Encore une affiche : *Pour les valeurs de la République, face aux atteintes à la laïcité, et aux actes racistes et antisémites, je signale, le chef d'établissement mobilise, je consulte Eduscol.* Punaise ! Ne me parlez pas d'Eduscol. Sur la grande table où les profs déjeunent, corrigent, attendent l'heure et bavardent, il reste un morceau de moelleux au chocolat et des fiches diverses pour demander une heure de remplacement, un paiement d'heures supplémentaires, des billets d'infirmerie, des fiches pour les exclusions de cours, des papiers de toutes sortes, plein de choses différentes comme ça. Un petit drapeau arc-en-ciel d'une manif de cette année ou des précédentes, le soleil l'a fait ternir, les couleurs sont passées.

Corvée de bulletins :

– Lia, *congrats* ! Il faut participer davantage. Oscar, absent à trois contrôles, difficile à évaluer. Nisma, bravo pour cette excellente année !

– M'sieur, j'ai rendez-vous chez le psy, je peux y aller ?

– Tu veux aller chez le psy ? On est en cours ! Pourquoi tu veux aller chez le psy ?

– Ben je sais pas, je crois que mon père est fou mais je suis pas sûr.

– Va t'asseoir.

– Oh m'sieur !

– Karim, *congrats* ! Asmine, *congrats* ! Adem, un ensemble passable.

– Quoi, c'est quoi passable, passable, c'est bien ou pas ?

*   *
*

Élèves de troisième, Corentin et Gaby m'ont donné une courbe recensant sur cinq minutes le nombre de « chuts » que je dis. La ligne horizontale pour les minutes, et la verticale des « chuts » ! D'après eux, j'ai progressé… J'en avais moins dit ce cours-ci que celui d'avant, mais plus que la semaine dernière. J'en aurai peut-être dit trois millions dans ma vie de prof. Dans la rue de Reuilly, un cœur géant, fait avec des cartons d'emballage était accroché au mur de l'école primaire : *Touche pas à ma directrice, touche pas à ma classe !* Il y a beaucoup d'autres affiches de soutien dans les primaires de Paris, cette année. Ce grand cœur en carton est bien joli. Je me demande combien de temps il va durer, quand il pleuvra.

XIII

Elle est arrivée au bahut avec une énergie peu commune comme AESH. Il n'est pas possible de vivre sur un salaire d'AESH. C'était une grande fille de province, une quarantaine d'années, grande et mince. Elle est restée deux années dans mes classes. Elle travaillait énormément. Elle recopiait les cours pour Adil, Eliana, et les leur expliquait. Elle n'arrêtait pas de travailler avec son stylo quatre couleurs. Dans ma classe de troisième, comme elle connaissait bien New York, elle a voulu faire un cours. Elle s'était beaucoup préparée. Et même trop préparé. Ça l'a énervée que les mômes ne l'écoutent plus, mais elle en avait trop dit, je crois. Elle mettait un petit mot sur la messagerie des profs pour leur rappeler l'anniversaire de chaque collègue. *Too much...*

Bien sûr, elle en faisait trop, mais trop, ça ne voulait rien dire dans son cas. Elle était comme ça. Elle avait beaucoup voyagé. Elle avait connu des jours meilleurs, des emplois mieux rémunérés.

Elle parlait des langues slaves, prenait des cours de suédois. Elle avait été traductrice. Elle en avait eu marre de se retrouver seule devant son clavier, à la maison, à faire ses traductions. Elle est tombée malade, n'a pas été payée pendant les vacances, s'est endettée. Elle a envoyé des lettres recommandées au rectorat pour son arriéré de paiement. Nous lui avons proposé de faire une quête, qu'est-ce qu'on pouvait faire d'autre ? Mais elle ne voulait pas de ça. Elle voulait seulement l'argent que lui devait le rectorat. Elle a tout vendu chez elle avant de repartir vivre en province chez sa mère. Elle a remercié certains, traité les autres de faux jetons. Et puis elle est partie comme elle est venue, sans qu'on sache où ni pourquoi.

Lui, je ne connais même pas son prénom. Il s'assied près d'Adam, se bat contre l'envie de dormir. Il fait une heure et demie de transport en commun pour essayer de ne pas dormir en cours, à côté d'Adam. Il hoche la tête pour dire bonjour, ne parle à aucun des profs. Il bâille. Parfois ses yeux sont fermés, il lutte, ou s'éveille pour regarder quelque chose sur son téléphone, dont il ne sait pas se séparer. Il dort comme on échappe à un enfer qui n'a pas de nom mais rapporte dans les mille euros par mois. L'élève dont il est censé être l'aidant ignore son nom.

Patrick est là pour compléter sa retraite juste merdique. Il s'occupe bien de Souleymane, qui a du mal à ne pas dormir l'après-midi car il est toujours fatigué. En fait, l'après-midi, Souleymane reste à attendre que ça se passe, la tête posée sur le bureau, sur ses deux mains jointes l'une à l'autre. Il dort comme un bienheureux.

Léna s'occupe de cet enfant depuis l'école primaire ; il est en fauteuil, passe du fauteuil à une chaise particulière, dans une salle particulière au rez-de-chaussée. Jonathan est un gosse brillant, il a quatorze ans maintenant. Il n'est pas le seul gosse en fauteuil du bahut. Elle a repris des études et ne supporte plus qu'on la traite mal, comme le sont en général les AVS et les AESH, les petites mains de l'éducation nationale pour les enfants à besoins particuliers. Après toutes ces années, Léna dégoûtée a fini par craquer, elle a quitté le bahut. Jonathan se débrouillait seul, sauf pour l'ascenseur, pour monter dans les étages, il y a pas mal d'années.

– M'sieur, vous avez les clés pour l'ascenseur ?

C'était toujours la même question. Il faisait demi-tour. Il avait de très bonnes notes, il aimait l'école, il aimait son école, il avait les yeux brillants du rêve qu'il ne vivrait peut-être pas entièrement, car la maladie lui laisserait peut-être moins d'années pour vivre sa vie, après sa scolarité. Les clés pour l'ascenseur, on ne les lui a jamais données.

* *
*

Les choses sont fatigantes avec les premières belles journées. Les gens sont énervés. Sekou, que je voulais punir, n'a fait aucune de ses colles depuis le début de l'année. Il m'a traité de fils de pute le cours dernier. Je n'avais pas bien entendu, d'ailleurs parfois je préfère ne pas entendre. C'est la grande Amel qui me l'a dit, sous les regards inquiets des autres.

– M'sieur, Sekou il dit que vous êtes un fils de pute ! Vous avez pas entendu ?

– Oooooh, la classe a entonné.

Il s'est levé furieux pour lui donner un coup de pied, elle, ça l'a fait rire : elle est deux fois plus grande et forte que lui. Je l'ai viré. Sekou est diabétique, il va et vient entre chez lui et le foyer. Sekou aura peut-être une drôle de vie, il est un peu voyou déjà. Il a juré à l'adjointe que ça n'était pas vrai, qu'il n'aurait jamais dit ça.

J'ai déjà reçu des bouts de stylo dans cette classe, quand j'avais le dos tourné, et des boulettes prémâchées. Que dirait la ministre dans ces cas-là ? C'est pas moi, m'sieur. Si c'est lui ! Les soirs comme ça, je ne sais pas ce que je fais ici, fils de pute ou pas. Je me demande aussi quoi faire si on me renvoie Sekou en cours ce lundi, histoire de me simplifier le travail… Je ne suis que peu enclin à protester, en général. Juste un peu. Le reste des heures, j'écoute le temps filer en chuchotant avec des mots d'anglais dedans et c'est très bien comme ça, de l'écouter.

* *
*

Ça me fait bien plaisir de retrouver Sohan en cours. Il a une fiche de suivi, où je mets des B et des TB, il a l'air d'y prendre goût. Tout ceci reste fragile évidemment. Il donne l'impression d'avoir toujours froid, mais ne mettrait de pull à manches longues pour rien au monde. Il a quitté les sièges à côté des emmerdeurs sans trop faire de difficulté. Il n'est pourtant pas si facile de trahir son camp. Je le surveille du coin de l'œil, il ne rechigne pas à participer, mais je ne suis pas sûr de la vaillance de son courage. Il demande beaucoup d'attention. On s'attache à des gosses sans raison valable sinon que, parfois, je crois qu'on pourrait faire un livre de fiction à partir de l'un d'entre eux, une histoire plus belle que les vraies, ou plus vraies que celles qui nous sont racontées. Ou bien on croit retrouver avec eux certaines émotions qui ont à voir avec notre propre passé.

Décidément, au jour le jour, il n'est pas si facile de raconter ce qui souvent ne rime à rien dans le quotidien des bahuts. Du genre : pas de papier toilette, plus de toner pour la photocopieuse ! Du personnel technique qui manque à l'appel, qui ne peut pas être remplacé par la ville de Paris. Il est interdit à ceux qui sont là de porter des charges lourdes sur avis médical. On y croit à peine de l'extérieur.

Mon cours sur New York ne semble plus leur plaire. Et les histoires policières en quatrième, avec les jeux de rôle, pourquoi n'en veulent-ils pas cette année ? Trois classes sur cinq sont vraiment dures. Je me souviens de Marie, émue de dire aux élèves de troisième que c'était son dernier cours, que sa vie de prof finissait pour elle ce jour-là. Ils ont dû sourire, attendre gentiment qu'elle en termine, mais que rajouter à tout ça ? Sans doute certaines élèves ont songé à lui dire merci, ou à lui écrire un mot gentil. Peut-être a-t-elle eu des petits cadeaux. Ils ont une cinquantaine d'années de moins que moi, comment sauraient-ils ce que signifie quitter le bahut pour toujours ? Quelque chose d'important sans doute, mais quoi exactement ?

Seigneur… je ne veux plus aller à leur école.

Je suis parfois ce petit gosse des îles qui ne veut pas y aller, et ce petit Blanc vieillissant qui parle anglais avec des élèves qu'il ne sait plus trop passionner, qui en a sa claque et a pourtant bien du mal à partir…

On arrive au beau temps. Les filles de la 4e 2 me sourient et sortent leur maquillage. Karla a mis ses lunettes de soleil en équilibre sur la tête et tous ses bijoux aux poignets. Kaila s'amuse à me faire des clins d'œil. Modibo, Amir, Ibrahim dorment à 8 heures la tête sur le bureau. Lundi, c'est brevet blanc. J'ai appelé les caisses de retraite et je suis déjà un peu en retard pour envoyer les papiers, surtout ceux que je n'ai pas. C'est agaçant. J'ai corrigé des copies au square Séverine de la porte de Bagnolet. Deux jeunes hommes avaient enlevé leurs chaussures de tennis pour se reposer les pieds en buvant une bière. Je les voyais maghrébins, ils étaient syriens, ils me l'ont dit après. Un vieux dormait, allongé sur un banc, près du local des poubelles et outils des jardiniers, son ventre faisait comme un petit pont en arc de cercle et ses ronflements portaient à distance appréciable, genre clairon. Une jeune aidante africaine en sandalettes mal ajustées tenait le bras d'une frêle grand-mère aux cheveux presque bleus, qu'elle emmenait prendre un bain de soleil. Des types penchés sur leur téléphone, tête basse, avec ou sans cannette de bière à portée de main ou de pied. De magnifiques parterres fleuris. Histoire de varier les plaisirs, j'ai voulu changer d'endroit pour les dernières copies, mais le kiosque à musique au milieu puait la pisse et j'ai renoncé. Je me demande si ça me fera le même effet de me balader au square Séverine sans avoir le prétexte de corriger des copies au soleil ? Vieillir est un grand continent.

Certains élèves, je continue à les chercher, je garde les yeux ouverts dans le quartier. Je sais que je n'ai aucune chance de les revoir, de les croiser. Que je ne les reconnaîtrais sans doute pas. Nour, par exemple, envoyée au Maroc pour terminer sa scolarité car elle était tombée amoureuse d'un Africain. Pas de Noir dans la famille ! Je me souviens qu'elle éclatait souvent de rire, sans pouvoir s'arrêter, elle comprenait déjà l'absurdité de la vie. Elle n'avait que quatorze ans. Plusieurs profs ont demandé de ses nouvelles, sans retour. Je l'ai revue, elle, à Paris, habillée tout en noir, avec un foulard noir aussi, le regard éteint. Elle traînait le caddie de sa mère. J'ai guetté l'étincelle. On n'a pas pu se parler mais elle m'a souri ouvertement sans cesser d'avancer, de traîner le caddie. Je n'ai pas oublié Nour. Personne ne pourrait l'oublier. Elle voulait faire médecine.

Oui, c'est vraiment le printemps. Les élèves de troisième commencent à ne plus se sentir qu'à moitié là. Il y aura le brevet, le choix du lycée sur la plateforme, l'attente des résultats. Ils commencent à se souvenir des bons moments passés ensemble. Certains fréquentent les mêmes classes depuis la primaire. Ils sont de Reuilly-Diderot plutôt que de Paris, en vrai. Ils parlent de telle ou telle institutrice qu'ils ont eu en CM1, ou alors cherchent en quelle année Armand avait pissé dans sa culotte, ou Aglaé amené son violon en classe. Il leur arrive d'éclater de rire, ils partagent le trésor d'une enfance en commun. Ils ont déjà tellement de souvenirs ! J'aime bien : ils sont au bord de se disperser, mais certains reviendront plus souvent qu'à leur tour traîner dans les parages.

Nora veut devenir juriste, Élisabeth juge des enfants.

– Pour enfants tu veux dire ?

– Ah oui, voilà. Juge des enfants ! c'est pareil !

Shym veut aller en CAP d'esthétique. Il ne faut pas que j'oublie de lui rendre tous les déodorants parfum pêche ou citron industriel que je lui confisque car ils me donnent des allergies à tout casser quand elle s'en asperge.

– C'est pas un déo m'sieur, c'est un spray !

Elle tient surtout à sa « Brume de Dubaï »… À la façon dont, battant des faux-cils, elle dit Dubaï, elle et pas mal de ses camarades, on croit entendre le nom d'un genre de paradis…

Je regarde cette majorité vague et souvent silencieuse. Ils vont suivre le mouvement : seconde, première, terminale, puis céder la place à d'autres sur les bancs des bahuts, des facs, sur les listes d'électeurs, les sites de petites annonces, Pôle Emploi, les faits-divers des journaux, internet, Instagram ou Snapchat, viendront s'asseoir sur les bancs du square Trousseau où ils ont leurs habitudes, la pelouse de Reuilly, près de la piscine, les cages d'escalier des grands immeubles de Reuilly, le stade, les pelouses de Daumesnil, les salles de gym, les terrasses aux *happy hour* entre la Nation et Faidherbe, les queues pour les locations d'un studio étudiant dans leur quartier, les rendez-vous pour un boulot, les affiches où sont inscrits les résultats du bac, des concours des écoles, des concours de fonctionnaires, sans oublier les rencontres, les pérégrinations, les voyages et les affaires de cœur. Leur jeunesse est ce grand cœur qui bat dans les rues du quartier. Il y aura toujours moyen pour eux de ne pas se perdre de vue. Pas de portés disparus, parmi eux. Ça prend beaucoup de temps de quitter son enfance, personne ne peut tout oublier.

J'ai attendu en vain de la revoir pendant près de vingt ans. Elles habitaient, mère et fille, près de la gare de Lyon. Elle venait à l'école comme une employée modèle va à son travail de bureau, discrètement maquillée, comme sa mère qui travaillait dans une boutique de mode chic du côté de la rue des Saint-Pères. Mère et fille, oui, vraiment rien ne dépassait de cette vie rangée, trop rangée, je me disais. Elle faisait de la danse au conservatoire, marchait d'un pas vif, le pas des filles et des femmes qui ne tiennent pas à s'attarder dans les rues, qui vont dans leur vie avec des choses à faire, des objectifs. Elle était le genre à sortir les clés de chez elle dès la porte cochère de l'immeuble. Elle me semblait si éloignée des autres élèves. Juste bonjour, bonsoir monsieur. Oui, elles étaient si différentes. Mère et fille. Mon beau miroir. J'imaginais un secret, oui mais quoi ? Je pensais souvent à ça, pourquoi, je ne sais pas exactement. Une adulte secrète en format réduit. Je ne sais pas ce qu'elle est devenue. Mais je n'ai pas pu l'oublier, à cause de ces questions qu'elle me posait, sans le vouloir, et dont je n'aurai jamais la réponse.

J'ai été convoqué pour témoigner au conseil de discipline de Sekou. Je n'ai pas pu y échapper. Les représentants des parents dans leur rôle : arranger les choses, trouver des excuses, le principal désireux de lui laisser sa chance ailleurs, et respectueux... Sa mère est arrivée avec une demi-heure de retard, a parlé d'une histoire de médicaments à aller chercher en urgence que personne n'a compris. Ça a duré près de deux heures mais Sekou a été viré. Amélie pleurait en sortant. Dominique aussi. Elles devaient remonter en cours. Une fois de plus, lui, il n'avait pas l'air de se rendre compte... Il était déjà à moitié absent, suivait ce qui se disait à son sujet, les yeux plissés dans le vague. Il avait peut-être l'impression qu'on ne parlait pas de lui ? Il a été mis dehors pour les vacances de Pâques avant de recommencer dans un autre bahut, si on en trouvait un pour lui. En principe, c'est obligatoire. J'ai insisté sur le fait qu'il s'était excusé, qu'il ne savait peut-être pas clairement que « fils de pute » est une insulte, ni ce que ça veut dire exactement. J'ai parlé de ses yeux, de son diabète, mais bon. David en sortant du déjeuner m'a demandé : Que va-t-il lui arriver au petit Sekou maintenant ? On marchait sur le trottoir parmi les gosses qui s'attardaient à chahuter dans la rue, avant de rentrer chez eux. Comment savoir ? On arrivait aux vacances de Pâques. Il faisait beau temps. Je devrais m'en réjouir car, en fait, c'étaient les dernières vacances de Pâques de ma vie ! Punaise ! Tout se précipite, maintenant.

La prof d'histoire, contractuelle, n'est pas venue ces derniers jours. Fin de contrat ? Non renouvelée ? Remerciée pour ne pas avoir voulu passer l'inspection ? Arrêt maladie ? Démissionnaire, démissionnée ? Ça fait bizarre de voir sur l'emploi du temps de la messagerie des profs des carrés vides là où, quelques jours avant, une personne pleine de vie et généreuse s'échinait à préparer les élèves au brevet des collèges. Qui viendra remplacer la remplaçante ?

Je suis content que Sacha et Paul, dont le silence inquiète tant leur maman déprimée, se soient mis à travailler, j'ai plaisir à leur mettre des 20 ou des vert plus. Ils hochent la tête d'un air entendu.

Dans la cinquième difficile, la belle Shakira, aux très longs cheveux tressés qu'elle n'a encore jamais coupés, ne vient plus du tout en cours.

– Vous savez ce qu'elle a Shakira ?

Ses copines veulent toutes parler en même temps.

– Moi m'sieur, je sais !

Elle va très bien, d'après Océane et Ava, et se balade bien habillée sur le boulevard. À une copine qui lui demandait de ses nouvelles, Shakira a répondu : Va vite, tu vas être en retard, ça ne te regarde pas…

– Vous avez vu m'sieur comment elle est ? Wesh ! Elle sèche ! À 13 heures sur le boulevard, tout bien habillée !

– Océane, tais-toi, s'il te plaît…

Seigneur, je suis tellement fatigué. C'est devenu trop vrai ces derniers temps, ce refrain-là. Certaines élèves de la classe de cinquième option danse, Johane, Emmy, Houria, Liam, Pia, Simon et Luan, peuvent tenir en anglais de vraies conversations. D'autres ne le pourront sans doute jamais.

Bon. Je crois que c'est bientôt terminé, mine de rien. J'ai gardé pour moi des horreurs et des secrets, évidemment. Je me suis rappelé ce matin des merveilleuses premières semaines de cours en demi-groupe, pendant la Covid. Les gosses en demi-classe redécouvraient le plaisir d'être ensemble, de se parler autrement qu'au téléphone ou sur l'ordi, le plaisir aussi d'être avec leur prof, parmi les autres. Les jolis masques de toutes les couleurs que certains confectionnaient. Il y a tant d'autres choses ! Mais bon. On ne peut pas tout raconter, ni ne pas raconter. Comme tous les profs, j'aurai passé des milliers d'heures en cours, corrigé des milliers de copies. Ça ne veut strictement rien dire, au bout du compte, et de ceci il ne me restera bientôt à peu près rien, si ce n'est ces rencontres. Je suis devenu plus consciencieux avec le temps… Quelle différence pour eux ? Je ne sais pas. N'empêche que ce doit être une chance de passer sa vie ainsi, entouré de centaines de jeunes gens. On finirait par croire que le temps ne nous mangera pas de la même façon que les autres. Il avance pourtant du même pas.

Jacques en 314, et moi en 313, on aimait bien parler ensemble. Il était franco-allemand, avait été photographe avant de reprendre des études à quarante ans passés pour devenir prof de français. On parlait de bouquins. Il était passionné par des auteurs d'Europe de l'Est. Oui, pour moi, c'était comme une récompense de passer une heure avec lui, au déjeuner, avant de retourner en cours. Il venait en vélo, habitait pas très loin dans le quartier avec sa femme. Il se plaignait de la fatigue lui aussi. Il marchait très lentement. Son souci c'était le cœur. Je lui avais prêté mon anthologie, celle avec le poème de Guy Tirolien. La suite n'est pas directement racontable. Je l'ai écrite différemment :

Il me revient que tu aimais
les jeux à gratter
aller au bahut en vélo
que tu étais surpris choqué
du manque de fidélité
de ton agence bancaire
pour l'obtention d'un prêt
de la difficulté croissante
pour trouver un médecin
pour décrocher un rendez-vous
avant trois mois avant six mois
avant de mourir tout à fait
que tu aimais ta femme
d'un amour profond
et évident
que tu jugeais les gens vite et bien
que tu préférais
le tirage à la prise de vue
que le judaïsme de tes ancêtres

te passionnait
que tu te plaignais en semaine
des copies à corriger
le lundi du week-end
passé à corriger des copies
que tu lisais bien plus
que les autres professeurs
que tu aimais sans le dire
tu détestais sans nommer
il me revient aussi qu'un jour
tu m'as dit
marcher de plus en plus lentement
jusqu'à te fatiguer toi-même
de ne pas avancer
j'ai éclaté de rire
en bas des marches
tandis que tu devais attendre
l'ascenseur pour monter.

Cher Jacques. Ton avis sur ce que j'ai raconté ici me manque. Je ne peux que l'imaginer. Je n'ai rien voulu imaginer pour raconter tout ça. J'ai beaucoup oublié, évidemment.

En somme, cette histoire que je crois mienne est celle des gosses dans les bahuts, elle devrait être multipliée par des centaines d'histoires pour se faire une idée… *The big picture…* Comme autant d'images pour une grande fresque. La mienne, je la termine ici. Je ne peux plus continuer. Je suis bien fatigué en somme. Ça avait commencé par hasard : je cherchais du boulot pour gagner ma vie. Ça se termine en septembre.

Parfois
je voudrais refaire tous mes pas
jusqu'au dernier enfant qui sort
de la dernière salle de classe
et ferme bien la porte
juste avant de descendre
dans la cour
désolée.

Collection
La rencontre

Serge Airoldi,
Motifs andalous, 2025
Rose Hanoï. Rencontres avec la couleur, 2017
(prix Henri de Régnier de l'Académie française 2017)

Corinne Atlan, *Haïkus de Kyoto. Sous les fleurs d'un monde flottant*, 2025

Nathalie Azoulai, Serge Toubiana, *Ozu et nous*, 2021

Jean-Christophe Bailly, *Café Neon, Chemins grecs*, 2021 ; Arléa-Poche, 2022

Dominique Barbéris, *Un dimanche à Ville-d'Avray*, 2019
(deuxième sélection du prix Goncourt 2019 ; finaliste du prix Femina 2019)

Élisabeth Barillé, *Les Sœurs et autres espèces du vivant*, 2024
(finaliste du prix Renaudot 2024 ; première sélection du prix Jean Freustié et du prix Jean d'Ormesson 2025)

Olivier Baumont,
Tombeau du jeune monsieur de Cinq-Mars, 2021

Antoine Billot, *L'Année prochaine à New York. Dylan avant Dylan*, 2017

Philippe Bonilo, *Pauline ou l'enfance*, 2024
(finaliste du prix des lecteurs de Notre Temps et du prix Terre de France 2024)

Sally Bonn, *Écrire, écrire, écrire*, 2022

Philippe Bonnin,
Katsura et ses jardins. Un mythe de l'architecture japonaise, 2019
(prix P. J. Redouté 2021 ; prix René Pechère 2020) ;
Éloge d'un jardin japonais, Arléa-Poche, 2023

Véronique Bruez, *Ici habite le bonheur*, 2022
(finaliste du prix Jean-René Huguenin 2022)

Benoît Casas, *Venise toute*, 2022

Muriel Claude, *Conversations de la porte*, 2025

Thierry Clermont, *La Balade de Galway*, 2021

Collectif, *La littérature est une rencontre*, 2016

Bernadette Costa-Prades,
Le Dernier Été d'Anna Magnani, 2025

Michel Crépu,
Only rock and roll. Avec les Rolling Stones, 2022
(finaliste du Prix Littéraire livres & musiques 2023)
Beckett, 27 juillet 1982, 11 h 30, 2019

Norbert Czarny, *Mains, fils, ciseaux*, 2023
(sélection du prix Alain Spiess du deuxième roman 2023)

Christian Doumet, *L'Évanouissement du témoin*, 2019

Hervé Dumez, *Incertain Paul Valéry*, 2016

Nadine Eghels, *Avec Paul*, 2023
(sélection du Grand Prix de l'Académie royale de Belgique ; du prix de l'Académie d'Architecture ; du prix du Cabri d'Or 2023)

Christophe Etemadzadeh, *La Vie sans savoir*, 2021
(prix Khôra-Institut de France de l'essai littéraire 2021 ; finaliste du prix Jean-Jacques Rousseau 2021)

Dominique Fabre, *La jeunesse est un cœur qui bat*, 2026

Jean-Pierre Ferrini, *Un passage*, 2024

Élisabeth Foch-Eyssette,
On ne peut pas toujours voyager mais on ne peut pas toujours rester au même endroit, 2018 ;
Éloge des voyages et du repos, Arléa-Poche, 2021

Fabrice Gaignault, *Un livre*, 2025
(finaliste du prix Renaudot essai 2025
finaliste du prix Femina essai 2025)

Sophie Gallé-Soas,
L'Homme au corbeau. Masahisa Fukase, 2024
(sélection du prix de l'Atelier 2025)

Michèle Gazier, *Une vie pleine de livres et d'amitié*, 2025

Francis Grembert,
Les Deux Tilleuls, 2025
(prix du Livre court, prix Cazes de la brasserie Lipp et prix Maurice-Genevoix 2025 ; finaliste du Grand Prix de la SGDL et du prix Marcel Pagnol 2025)
Éloge de l'alouette, 2023
(première sélection du prix Renaudot essai 2023 ;
finaliste du prix 30 Millions d'Amis
et du prix Khôra-Institut de France 2023)

Philippe Herbet, *Fils de prolétaire*, 2022

Vincent Hein, *La Disparition de Jim Thompson*, 2021 ;
Arléa-Poche, 2023
(prix Pierre Mac Orlan 2022 ;
deuxième sélection du Femina 2021)

Cécile A. Holdban, *Premières à éclairer la nuit*, 2024
(finaliste du prix Pandore-Maison de Colette
et du prix Khôra-Institut de France 2024)

Sébastien Labrusse, *Vers Philippe Jaccottet. Conversation sur la peinture*, 2025

Stéphane Lambert,
Fabienne Verdier, les formes de l'invisible, 2025
Vincent Van Gogh, l'éternel dans l'éphémère, 2023
L'Apocalypse heureuse, 2022
(prix Victor Rossel 2022 ; finaliste du Grand Prix de la SGDL ; du prix Jean-Jacques Rousseau ; du Grand Prix de l'Académie royale de Belgique 2022)
Paul Klee jusqu'au fond de l'avenir, 2021 ;
Arléa-Poche, 2023
Visions de Goya. L'éclat dans le désastre, 2019 ;
Arléa-Poche, 2022
(prix André Malraux 2019)
Fraternelle Mélancolie. Melville et Hawthorne, 2018
Avant Godot, 2016 ; Arléa-Poche, 2023
(prix Roland de Jouvenel de l'Académie française 2017)

Yannick Le Marec,
Le Grand Pillage, 2022
Constellation du tigre, 2021
(sélection du prix 30 Millions d'Amis 2021)

Thierry Le Rolland, *Les Papillons de Nabokov, le boomerang de Gracq*, 2021

Yann Liotard, *Juste le temps de vivre*, 2024
(finaliste du prix des Hussards et du prix Exbrayat 2024)

Gérard Macé, *Le Navire Arthur et autres essais*, 2020.

Brice Matthieussent,
Amérique fantôme, 2021
Les Jours noirs, 2019

Arielle Meyer MacLeod,
Vues d'intérieur après destruction, 2024
(finaliste du prix France-Liban et du prix Méditerranée 2024)

Akira Mizubayashi, *Dans les eaux profondes. Le bain japonais*, 2018 ; Arléa-Poche, 2021

Sébastien Ortiz, *Dans un temple Zen, Rencontre avec Guillaume Apollinaire*, 2017

Benjamin Pelletier, *Les Années discrètes. Territoires de l'enfance*, 2018 (sélection du prix Marcel Pagnol 2018)

Marc Petitjean,
L'Ami japonais. Kunihiko Moriguchi, Trésor vivant et peintre de kimonos, 2020
Le Cœur. Frida Kahlo à Paris, 2018 ; Arléa-Poche, 2022

Mathieu Pieyre, *Le Professeur d'anglais*, 2022 (prix Alain-Fournier 2023 ; finaliste du Grand Prix de la SGDL ; du « Coup de Cœur des Lycéens » de la Fondation Prince Pierre de Monaco ; du prix des lecteurs de Notre Temps 2023 ; du prix Lions Club 2024)

Olivier Rasimi,
Lever de rideau, 2024
Bébé, 2021 (première sélection du prix Renaudot essai 2021)
Cocteau sur le rivage, 2019

Martine Reid,
Voir rouge. Hommage à Jaune Quick-to-See Smith, 2025
Ravissement. Le Caravage, 2023

Ludivine Ribeiro, *Ma mère en toutes choses*, 2023 (finaliste du prix de la ville de Carouge 2024)

Patrick Roegiers, *Éloge du génie. Vilhelm Hammershøi, Glenn Gould, Thomas Bernhard*, 2019

Gemma Salem, *Où sont ceux que ton cœur aime*, 2019

Jean-Jacques Salgon, *Des graffs dans la nuit. De la grotte Chauvet à Judit Reigl*, 2021

Olivier Schefer,
L'Atelier secret d'Olivier Debré, 2024
Un saut dans la nuit, 2021
(prix Cesson 2022)
Conversations silencieuses. 2019
Une tache d'encre, 2017
Un seul souvenir, 2016

Bruno Smolarz,
Giorgio Morandi, les jours et les heures, 2016

Laurent Sorcelle, Youssef Tawk,
L'homme qui plantait des cèdres, 2024

Nicolas de Staël, *Le Voyage au Maroc*, 2023

Brina Svit, *Le Dieu des obstacles*, 2021

Gilles A. Tiberghien, *Aux frontières du rêve*, 2023

Serge Toubiana, *Le Fils de la maîtresse*, 2022
(prix Marcel Pagnol 2022)

Fabienne Verstraeten, *V ou la mélancolie*, 2023
(sélection du prix Jean-Jacques Rousseau 2024)

Luc Vezin, *La Vie sans histoire de James Castle*, 2022 ;
Arléa-Poche, 2023
(finaliste du prix Roman-News Publicis Drugstore ;
du prix des lecteurs de Notre Temps ; du prix de l'Atelier ; du prix André Malraux 2023)

François Warin, *Au commencement la beauté*, 2020

Natacha Wolinski,
Endormir l'orage, 2026
Son éclat seul me reste, 2020

ACHEVÉ D'IMPRIMER
EN NOVEMBRE 2025
SOUS MILLE REGARDS JOYEUX
SUR LES PRESSES DE
CPI FIRMIN-DIDOT
À MESNIL-SUR-L'ESTRÉE

Numéro d'édition : 1428
Numéro d'impression : 186670
Dépôt légal : janvier 2026
Imprimé en France

PEFC
10-31-3068
Certifié PEFC
Ce produit est issu de forêts gérées durablement et de sources contrôlées
www.pefc-france.org

IMPRIM'VERT®